小夜《さよ》
ケホッ
ケホッ
須佐征十郎《すさせいじゅうろう》
小夜は嬉《うれ》しそうに頷《うなず》き、
両手でどんぶりを持ち上げる。
傾け、残った汁を飲み干した。
「だからフィーアを機左右衛門《きざえもん》から引き取ったら、
俺たちは各務《かがみ》のところへ行こう」
そして征十郎のその言葉に、小夜は激しく噎《む》せた。
「そんなに喜ぶなよ」
「だ、誰が……！」
気管に入った汁で苦しむ小夜は、
涙目で征十郎を睨《にら》みつける。

「軽々しく正体を明かすな。
わたしはこっそり密《ひそ》やかに生きてるんだ」
土御門各務
つちみかどかがみ

「別にこいつは、言いふらしたりしないさ」
与一《よいち》

「早い者勝ちじゃないんですか」
?
フィーア
見れば、運ばれてきた団子をフィーアが手に取り、食べている。
彼女は団子を口いっぱいに頬張りながら、まじまじと小夜を見つめた。
そして喉を鳴らして飲み込むと、不思議そうに首を傾げる。

神狩 1〈下〉

英霊殲滅戦線

安井健太郎

OVERLAP

目次

イラスト／kakao

「似てるかね」

征十郎《せいじゅうろう》は、手にしていた人相書きを無造作に放る。それをつまみ上げた小夜《さよ》は、

「微妙」

と、鼻を鳴らした。「髪が長いところは、合ってるんじゃない」

「そりゃ、目がふたつありますってのと変わらないな」

苦笑いし、蕎麦《そば》を啜《すす》る。

その人相書きは、由井正雪《ゆいしょうせつ》のものだ。

張孔堂《ちょうこうどう》を自ら爆破して遁走《とんそう》した彼は、いまやお尋ね者として指名手配されている。その罪名は、公儀へ対し候重き謀計――つまりは、国家反逆罪だ。

征十郎は、炎上する張孔堂を脱出したその足で、昔なじみの与力、伊佐惟哉《いさただちか》のもとへと向かった。由井正雪の、政府転覆の企《たくら》みを伝えるためだ。

同時に、彼が妖《あやかし》の刀〝村正〟を所有し、じきに妖魔に成り果てるだろうことも報《しら》せている。

そこから人相書きが配られるまで、わずか一両日足らずだった。

彼が、危険分子《テロリスト》だからではない。

妖魔になる可能性があるからだ。

だから人相書きには、その符丁が隠されている。それが理解できるのはカガリと、妖の探索、収集、妖魔の狩猟に特化した〝叉鬼《またぎ》〟と呼ばれる者たちだけだ。

妖魔の出現とあらば、人心に不安と動揺が広がる。

その存在を秘匿したまま、被害を最小限に抑えなければならない。

妖魔改方《ようまあらためかた》は、そのために設立された。

妖、物の怪《もののけ》と化した道具の情報をカガリや叉鬼と共有し、その保管と管理を担う。組織としては若年寄に属する形だが、実態は独立機関に近い。職務上、日本全国で活動する必要があるためにその権限は他の役職と比してもかなり広いが、それに対する反発は少なかった。

殉職者が多いからだ。

「見つかると思う?」

人相書きを人差し指で卓の上へ押さえながら、小夜も蕎麦を啜った。「似てるかどうかはともかく」

「難しいだろうな」

穢土《えど》は、世界でも有数の大都市だ。その人口は百万人を超える。その中からたったひとりを見つけ出すのは、容易なことではない。

「それにやつの場合は、見つけるっていうよりもいつ現れるか、ってところのほうが重要だな」

「妖魔になってもまだ、政府転覆を企むかしらね」

そう口にしたものの、実際はそれほど興味がないのか、口調に熱はない。蕎麦の汁《つゆ》を飲んで、美味《うま》そうに目を細めていた。

「喰《く》らった人間の強い感情に、妖魔は時折、引っ張られることがある」

蕎麦を口もとに運びながら、征十郎は言った。「だから、それはありえるな」

「ふぅん」

やはりどうでもいいような返事をして、小夜は最後の蕎麦を手繰《たぐ》る。「じゃあ、わざわざ捜さなくてもあっちから現れるかもね」

「現れてからじゃ遅い」

蕎麦の上に載っていた海老《えび》の天麩羅《てんぷら》を頬張りながら、征十郎は首を横に振った。

「私たちも、捜索に参加するの？」

どちらかといえばそれは避けたい、と小夜の表情は語っていた。地道な作業は、彼女の苦手とするところだ。

「そういうのは、惟哉たちのほうが得意だろう」

大都市での探索は、素人では役に立たない。逆に、山や森などの都市外では、与力は叉鬼の足手まといになる。

「それはそうよね」

小夜は嬉《うれ》しそうに頷《うなず》き、両手でどんぶりを持ち上げる。傾け、残った汁を飲み干した。

「だからフィーアを機左右衛門《きざえもん》から引き取ったら、俺たちは各務《かがみ》のところへ行こう」

そして征十郎のその言葉に、小夜は激しく噎《む》せた。

「そんなに喜ぶなよ」

「だ、誰が……！」

気管に入った汁で苦しむ小夜は、涙目で征十郎を睨《にら》みつける。「行くならひとりで行きなさいよ」

「まあ、別にそれでもいいけどな」

征十郎は、勢いよく啜った蕎麦をつるりと飲み込んだ。「あいつがその気になれば、離れてても関係ないぞ」

「――わかってるわよ」

小夜は、悔しげに呻《うめ》いた。「わかってるけど、一回は否定しとかないと負けた感じになるじゃない」

「勝ち負けの問題じゃないだろ」

征十郎も汁を飲み干すと、立ち上がる。

小夜は、不満げな顔で席を立った。「勝ち負けの問題よ」舌打ちまじりに、呟《つぶや》く。征十郎は微苦笑し、「まあ、ある意味ではそうかもしれんが」言って、肩を竦《すく》めた。

「勝ち目は薄いぞ」

「見くびらないでよ」

憤然とした足取りで、小夜は店をあとにする。「闇討ち、奇襲、待ち伏せ、やり方はいくらでもあるわ」

「見くびりはしないが、見損なうようなことはするなよ」

そう忠告はしたものの、彼女がそれを選択しないだろうことを征十郎は知っていた。卑《ひ》怯《きょう》な手段を嫌っているわけではなく、その程度のことでどうにかなる相手でないことを、小夜もよく知っているからだ。

「そんなことより、信綱《のぶつな》のほうはどうなってんのよ」

編《あ》み笠《がさ》を被《かぶ》る征十郎を、小夜は見上げた。「もう伝言は届いてるんでしょ」

「そう焦るな」

征十郎は、煙管《きせる》を咥《くわ》える。「あっちは偉くなって忙しいんだ。誰かを寄越《よこ》すにしても、二、三日はかかるだろうさ」

「出世すると、みんなそうよね。いやだわあ」

うんざりした様子で、小夜は頭を振る。征十郎は煙管に火を入れながら、笑った。

「偉くなるってのは、そういうことだ。許してやれよ」

「別に、怒っちゃいないわ」

並んで歩きながら、小夜は唇を尖《とが》らせた。「ただ、自分の身に関わることなのに、そんなんでいいのかなって思ってるだけよ」

「心配なんだな」

征十郎が彼女の頭に手を乗せると、小夜は鬱陶しそうにその手を振り払う。

「危機感が足りないって話よ」

「それはそうかもしれないが」

征十郎は、肩を竦めた。「偉くなりすぎて、護衛が剣豪だからな。仕方ないだろう」

「そりゃまあ、危険分子が二の足を踏むぐらいだからそうかもしれないけど」

納得できないのか、小夜の口調には苛立《いらだ》ちが紛れ込んでいた。「相手が妖魔となれば、話が違うのよ」

「それ、伝えてないからな」

征十郎の指摘に、小夜は「はあ?」と声を上げた。

「じゃあなによ、久しぶりに会いたいからちょっと出て来いよって伝えたの?」

「いや、さすがにそこまで砕けてないけどな」

煙管の煙に笑みを含ませて、征十郎は言った。「ただ、どこで誰の耳に届くかわからんし、そもそもあいつ自身がこの件に深く関わってる。正直になんでも伝えりゃいいってもんじゃない」

諭すような口調が癇《かん》に障《さわ》ったのか、小夜は唇の端を歪《ゆが》めた。

「純粋で素直な正直者で悪うございましたね」

「はっは、下手な冗談だ」

声を出して、征十郎は笑う。

その爪先を、小夜の草履《ぞうり》が踏みつけた。

征十郎は声もなく蹲《うずくま》り、それを冷ややかに見下ろして小夜は鼻を鳴らす。

「どうせ、邪《よこしま》で意地っ張りなひねくれ者よ」

「極めて凶暴、もつけ加えとけ」

痛みに呻きながら言い返すと、小夜は唇の両端を吊《つ》り上げる。

「足の指を踏み潰さなかったんだから、自制心はあると思わない？」

「そりゃあ、俺だからだろ。見ろよ」

自分の足を指さして、征十郎は抗議の声を上げた。踵《かかと》で踏みつけられた彼の第一趾《だいいっし》と第《だい》二趾《にし》が、赤く腫れ上がっている。「普通なら、骨が砕けてる。そういうのを自制とは言わない」

立ち上がり、痛みによろけながら征十郎は嘆息した。

「感情の振れ幅で力の制御が疎《おろそ》かになるのは、どうにも治らんな」

「そりゃあね」

小夜は、両手を広げてみせた。「それが私の本質だもの」

征十郎は、小さく唸《うな》る。否定はしない。

すれば、彼女の存在そのものを否定することになる。

だからなにも言わずに、歩き出した。

その傍らに並ぶ小夜は、仏頂面の征十郎を横目にしてくつくつと笑う。

「――楽しそうで良かったよ」

「おかげさまで」

征十郎をやり込めて上機嫌な小夜の顎がつん、と持ち上がる。それをじろりと見やった
征十郎は、なにか言いかけたがその言葉を呑《の》み込み、煙管を深々と吸い込んだ。

そして、煙を吐き終わったあとに呟く。

「どういたしまして」

小夜は、軽やかに笑った。

玖

「久しいな、征十郎《せいじゅうろう》」

そう言って各務《かがみ》は、優美に微笑《ほほえ》んだ。

「息災にしていたか?」

「おまえに会うまではな」

不機嫌、というよりも苦しそうに征十郎は呻いた。落ち着かない様子で、足を組み替える。

「おかしなことを言う男だな、相変わらず」

彼女は、軽やかに笑う。「これほどの美女を前にして、具合が悪くなる男などいようものか。死人ですら、起き上がろうというものよ」

「若作りの婆《ばばあ》がなにを言ってるんだか」

ぼそり、と小夜《さよ》が呟いた。

だが、悪態に常の勢いがない。

若作り、と彼女は評したが、それに頷く者は少ないだろう。

染みひとつない陶器のように白い肌は、決して白粉《おしろい》などでは生み出せない艶《あで》やかさだ。

「おや」

黒曜石の瞳は蠱惑的《こわくてき》でありながら、確かな知性と深い洞察力を宿し、見る者の視線を捕らえて離さない。

その瞳が、征十郎の傍らにいる小夜へと向けられた。

「お嬢ちゃんは、相も変わらず口幅《くちはば》ったいね」紅を引いていないのに、その唇はあざやかに赤い。「婆って言うんなら、年長者への敬意をお示しよ。それぐらい、その小さな頭でもできないことはないだろ？」

彼女が首を傾《かし》げると、絹のようになめらかな黒髪が白い狩衣《かりぎぬ》の上を流れる。

小夜の牙が、こすれあって異音をたてた。

その様子を、各務は目を細めて楽しげに眺めていたが、三人めの来訪者へ移った瞳からは笑みが消える。

「ふむ、なるほどな」

彼女は、ふわりと立ち上がった。彼女が動くと、花の蜜のようなほのかに甘い香りが漂う。

「久しぶりに顔を出したと思ったら、こういうことか」

各務は、機左右衛門のもとで修復されたばかりのフィーアの前に、膝をついた。機巧人《からくり》

形は正座をしたまま身動《みじろ》ぎひとつせず、眼球の動きだけで各務を見つめる。

各務は、手を伸ばした。

フィーアは素早く、征十郎に視線を送る。彼が頷くのを確認すると、あとはされるがままだ。

細くしなやかな指先が、人工の皮膚を撫《な》でるようになぞる。開かれた五指が、彼女の柔らかな銀の髪の中へと潜り込んでいった。

溜息《ためいき》のように、彼女は息を吐く。

「機巧の身体《からだ》に、人間の脳か」

頭部を開かずとも、各務にはそれがわかるようだった。

「そいつは、禍津神《まがつかみ》の中に呑まれててな。記憶が殆《ほとん》どない」

征十郎が、つけ加える。「そこだけ生身なんで、祟《たた》りの影響があるのかどうか見てほしい」

「馬鹿げた話よな」

そう呟く彼女の横顔は、ほんの少し、頬が紅潮していた。

「脳の持ち主の名は?」

両手でフィーアの側頭部を覆うようにしながら、征十郎を横目にする。

「わからん」

彼は、肩を竦める。「いまのところはフィーア、と呼んでるがね」

「情報はまったくなしか?」

「身体を造ったのが、東印度《インド》会社っていう阿蘭陀《オランダ》の企業だってことぐらいか」

今度は各務が、肩を竦めた。

「ないに等しいな」

「そうじゃなければ、ここには来ない」

歯に衣着《きぬ》せぬ征十郎に、各務は彼を一瞥《いちべつ》しただけでなにも言わない。

否、微《かす》かに口角が上がっている。

それを横目に、小夜が座布団から降りた。そのまま音もなく立ち上がると、自然な動きで身をひるがえす。

「どこへ行く」

各務がそれを、見咎《みとが》めた。

「私がここにいても役に立たないでしょ」

小夜は、襖《ふすま》に手をかける。「ちょっとそのへんぶらついてくる」

「往生際が悪いな……」

征十郎が呟くと、小夜は鋭い視線を突き刺してきた。

だが、一刻も早くこの場から離れたかったのか、無言で襖を開こうとする。

その眼前で、襖は静かに横へ動いた。

小夜は、視線を下へ向ける。

髪をおかっぱに切り揃《そろ》えた少女が、膝を突き、深々と頭を下げていた。その傍らには、お盆に急須と湯飲み、それに茶菓子が載っている。

「お茶をお持ちしました」

「うろうろしないで、それでも飲んで待ってろ」

細く優美な顎先で、各務は、腰を上げたばかりの座布団を指す。小夜は、その座布団になにか恨みでもあるかのような目つきで睨《にら》みつけた。

その様子に、各務は眉根を寄せて怪訝《けげん》な顔をする。

なぜ小夜がこの場を立ち去りたがるのか、見当もつかない、といった表情だ。

だが、その表情には裏がある。

征十郎も、それはわかっていた。

それでも、あえてそこに触れないのは、もはや暗黙の了解だ。

「喉なんて渇いてない」

小夜はそう言うと、身をひるがえした。

「逃がすな、太陰《たいおん》」

各務は、鋭く指示を飛ばした。

反応したのは、おかっぱの少女だ。

傍らを通り過ぎる小夜へと、跳びかかる。

小夜もまた、反応していた。

最初から、少女——太陰の存在を警戒していたのだ。

だがそれでも、躱《かわ》せなかった。

膝と両手を床につけた状態からの動きが、尋常ではなく素早い。避けようとする小夜の動きを先読みし、その足下へ蛇のように滑り込んだ。

両足を搦《から》め捕られた小夜は、為《な》す術《すべ》もなく押し倒される。太陰はそのまま俊敏な動きで小夜の背中に張りつき、彼女の両手を背中側へねじり上げた。頬を廊下の床に押しつけられた小夜は、歪んだ口もとから忌々しげに呻《うめ》き声をもらす。

「おっと、その子を傷つけるなよ」

各務の言葉は、太陰にではなく、小夜にだ。

彼女を押さえる少女の手が、じわじわと押し返され始めていた。

小夜が太陰に組み伏せられたのは、彼女の身体能力が並外れていたのも一因だが、それとはまた別の要因がある。

手心があったのだ。

だが、そうは言っても実際に押さえつけられた屈辱と苛立《いらだ》ちが消えてなくなるわけではない。

それが無意識に、小夜の身体を衝《つ》き動かそうとしていた。

彼女の、本質だ。

各務はそれを、先んじて制した。

組み伏せられたまま、小夜は彼女を睨みつける。そして、「なによ、たかが式神じゃないのさ」忌々しげに、吐き捨てた。

「小夜」

咎《とが》めるような征十郎の呼びかけにも、彼女は耳を貸さない。そっぽを向いてしまう。

各務はフィーアの頭から指を離すと、音もなくゆらりと立ち上がった。

「小夜、謝っとけ」

征十郎は促すが、小夜にその気はないらしい。

各務は、式神の少女に押さえ込まれた小夜の傍らにしゃがみ込むと、狩衣の内側から長方形の紙を取り出した。

それを目にした小夜が、ぎょっとして顔を強《こわ》ばらせる。

「ちょ――」

なにか言いかけた彼女の額に、各務はその紙を押しつける。呪句と五芒星《ごぼうせい》が描かれた、呪符だ。

そして彼女は、呟《つぶや》く。

「急急《きゅうきゅう》 如律令《にょりつりょう》」

「ぎゃあっ」

小夜の喉が、悲鳴を上げた。その身体は雷にでも打たれたかの如《ごと》く反り返り、そして薄《うっす》らと白煙が立ち上る。

実際に雷撃に類似したものが彼女を打ち据えたわけでないことは、その身体を押さえ込んでいた太陰に一切、被害が及んでいないことでも明らかだ。

「言わんこっちゃない」

征十郎は呆《あき》れた顔で、苦痛に呻く小夜を見やった。

土御門《つちみかど》各務は、陰陽師だ。

幕府の機関、陰陽寮《おんようのつかさ》に属する陰陽師の中でも最大勢力を誇る土御門家のひとりであり、類《たぐ》い稀《まれ》なる美貌と並ぶ者のない強力な呪力の持ち主として知られている。

しかし彼女自身は陰陽寮に所属せず、穢土《えど》の片隅に自分の店を開き、辿り着けた者の依頼を気紛《きまぐ》れに受けるような暮らしをしていた。

「悪い子には折檻《せっかん》が必要だからな」

各務は、意味ありげに征十郎を横目にした。

彼は居心地悪そうに、頭を掻《か》く。

「子ども扱い――しないでくれるかしら」

すでに、太陰は小夜《さよ》を拘束していない。それでも立ち上がることすらできず、息も絶え絶えに言った。「少なくとも私は、もうお人形遊びなんてしたりしないわ」

「まったくもって可愛《かわい》げのない娘だな」

挑発的な小夜の口調を、各務《かがみ》は笑い飛ばした。

そしてその足で、部屋の壁面を埋め尽くす戸棚へ向かう。収められているのは、ありとあらゆる薬剤、漢方薬、呪術の触媒、用途不明の機巧や道具などだ。

彼女はその中から、なんの変哲もない筆と墨汁を取り出す。

征十郎《せいじゅうろう》は、深々と溜息をついた。

「大人げないにもほどがあるぞ」

「大人を演じて、なんの得がある」

まるで楽しい悪戯《いたずら》を思いついた童《わらべ》のように、各務はにんまりと笑う。

この顔こそが、彼女本来の表情だ。

どれだけ月日が経《た》とうとも、それだけは変わらない。

激しい罵倒を浴びながらも、各務は小夜の顔に思う存分、筆を走らせると、満足したように頷《うなず》いた。

「さてさて、それでは本題に入ろうか」

彼女は、ここまでぴくりとも動かずに静止していたフィーアの頭に、再び指先を伸ばす。

その五指が、鈍い輝きを放ち始めた。

本来、呪力は目に見えるような性質のものではないが、各務ほど潜在的に呪力が高い人間の場合、物質世界に干渉して可視化するようになる。

五指の光が結びつき、五芒星を描き始めた。

左右両の手から発生した呪力によって紡がれた五芒星が、フィーアの側頭部を挟み込む。

フィーアは特になにも感じていないのか、反応はない。

だが、「じゃあちょっと、障《さわ》るよ」各務がそう言った途端、フィーアの身体がびくりと動いた。

側頭部の五芒星が、ゆっくりと回転し始める。

各務は目を閉じ、眉間に皺《しわ》を寄せた。

薄く開かれた唇からは、深く静かな息が吐き出される。

部屋の温度が下がり、空気が帯電したかのように肌を刺した。

フィーアは、最初に動いてからは微動だにしない。ただ、間近に光る五芒星を不思議そうに横目にしているだけだ。

やがて五芒星は回転をやめ、その光も消失する。

各務は機巧人形の頭から指先を離すと、少し疲れたように溜息をついた。

「どうだ？」

「確かに、祟《たた》りの影響が見られるな」

彼女は両手の人差し指をくっつけ、それから少しだけ離した。「脳の中にある神経細胞《ニューロン》同士には隙間があってな、その隙間には情報の伝達に必要な接合部《シナプス》があるんだが、それがどうも一部でうまく働いていないようだ」

「ほほう」

征十郎は深く頷いたが、各務の説明を理解したわけではなかった。

彼女もそれがわかっているので、いちいち確認したりはしない。

「そしておそらく、海馬にも祟りの影響がある。たとえ接合部の修復が上手《うま》くいっても、記憶がすべて戻る保証はないぞ」

「幾何《いくばく》かでも戻ればいい」

征十郎は、正座したまま動かないフィーアを見据えた。「せめて、名前ぐらいは思い出してほしいもんだが」

「――おまえは本当に、馬鹿だな」

各務は冷ややかな眼差《まなざ》しを、征十郎に向ける。「名前なんぞわかったところで、なんの役にも立たんだろう」

「そんなことはないさ」

穏やかだが、確固とした信念の響きがその声色にはあった。「自己同一性《アイデンティティ》ってやつだ。名前はその最たるもんだろ」

「こんな状態でか？」

壁一面の戸棚からいくつかの触媒と呪符を取り出しながら、各務は懐疑的に眉根を寄せた。

「それこそ、死にたくなるかもしれんぞ」

「それはそれで、仕方あるまいよ」

軽々《けいけい》、というわけではないが、その態度は見る者が見れば薄情に映ったかもしれない。

各務は、彼の死生観について見解は示さなかった。

ただ、曖昧に肩を竦《すく》めただけで、フィーアへとふたたび向き直る。

「では、いいかね」

「なにがでしょうか」

生真面目に返答する機巧《からくり》人形に、各務は微笑する。

「祟りの影響を受けたおまえの脳を、修復する。いくらかは記憶も戻るだろう。いいかね？」

「機械人形《オートマタ》であるわたしに、脳組織はありませんが」

「ふむ」

腕組みをして、座ったままのフィーアを見下ろす各務は、片方の眉を持ち上げた。「自分自身に対する誤認は、これも祟りの影響かな」

彼女はそう言いながら、問答無用で呪符をフィーアの額に貼りつけた。

「急急如律令」

勢いが良すぎたのか、あるいは呪符の効果か、機巧人形の身体《からだ》はそのまま仰向《あおむ》けに倒れた。

そして、動かなくなる。

開かれた目は、なにも映していない。

そこへ、太陰《たいおん》が香炉を手に近づいてきた。指示されるまでもなく、各務が取り出しておいた粉末状の触媒を麝香《じやこう》とともに香炉に入れる。それらが炭火で熱せられると、甘く馨《かぐわ》しい香りが漂い始めた。

各務は、その香りを体内に吸い込むように深呼吸し、横たわるフィーアの上へと覆い被《かぶ》さる。伸ばした指先は、先ほどと同じくこめかみの辺りに触れた。

征十郎が、座したまま身構える。

動けない小夜は、ただ小さく、諦観に唸《うな》った。

極度の集中により、各務の顔から表情が消える。

その喉が、高く低く、言葉を奏で始めた。

呪力が込められた言葉は、音そのものが力となり、この世界の理《ことわり》に干渉する言霊《ことだま》となる。

呪力が高いほどにそれは強大な力を宿し、極めれば言葉ひとつで人間を殺すことも可能だ。

各務の言霊は鼓膜からではなく、その振動で直接、頭蓋を超えて脳内へと侵入する。

言葉だけではない。

各務の精神そのものが、言霊を触媒としてフィーアの脳内へと入り込んだ。

人間の目で視認したとしたら、脳の表面には無数の皺があるだけで、そこに走る電気信号など見ることはできない。

言霊は、彼女の精神を極限まで縮小させた。

すると、世界が変わる。

それは、光の道だった。

枝のような突起を多く持つ神経細胞が、接合部によって繋《つな》ぎ合わされて網の目のように広がっている。その神経の道を、電気信号が駆け抜けていく。視界を満たすその瞬きが、世界を輝かせていた。

あまりに広大無辺な眺めだ。

この中から祟りによって変質、あるいは破損した部位を特定するのは、不可能に思える。

しかし、呪力を帯びた言霊が、神経細胞によって形成された思考の道筋を光の速度で疾走した。

無数の言霊が、神経網の中から自動的に汚染箇所を見つけ出す。

それは影のように、細胞を侵食していた。

炎のように、かすかに揺らめいている。祟りが直接、侵食したのであれば、脳の細胞はすべて死滅していただろう。

これは、祟りの残滓《ざんし》による〝穢《けが》れ〟だ。不活性化した禍津神《まがつかみ》がこの世に残す理《ことわり》の捻《ねじ》れのようなもので、時とともに自然消滅するものだが、これに触れて体調を崩したり、あるいは命を落とすこともある。

その〝穢れ〟を払うことも、陰陽師の仕事のひとつだ。

各務が呪力を込めて言霊と化した言葉は、螺旋《らせん》を描きながら〝穢れ〟へと突き刺さる。

そして解きほぐすように、言葉に込められた呪力が螺旋の形を失いながら、〝穢れ〟の黒へと吸い込まれていった。

否、吸い込まれたのではない。

喰《く》らっているのだ。

〝穢れ〟を言霊の力で浄化し、捻れた理を正している。

炎のように揺らめいていた〝穢れ〟が、徐々に薄れていく。

それはフィーアの脳の全域で行われ、それに伴い、断絶されていた神経細胞同士を繋ぐ経路が復旧し始めた。

これまでにない経路で情報が伝達され、その信号《パルス》が至るところで燃え上がる。

ほどなくして、フィーアの脳内から〝穢れ〟の黒い炎がすべて鎮火された。それを、拡大した意識で俯瞰《ふかん》した各務は、細い息を吐きながら目を開く。

「わたしにできるのはここまでだな」

そう言って、フィーアの頭から指先を離し上体を起こした。

そして征十郎に向き直ると、眉根を寄せる。

「なにをやっておる」

彼はその場に蹲《うずくま》り、呻《うめ》き声《ごえ》を漏らしながら悶絶《もんぜつ》している。小夜もまた、身体を震わせながら大量の脂汗をかいていた。

「そんなに具合が悪いなら、まずは自分たちが医者にかかれ」

フィーアの額に貼った呪符を剝がしながら、各務は呆《あき》れたように言った。

しかしその唇は、どこか楽しげに綻んでいるようにも見える。

ふたりは各務が言霊を紡ぎ出すとともに苦しみ始めたが、それが終わったいま、呻き声が浅い呼吸へと変わり始めていた。

「――好き勝手してるおまえと違って、いろいろ忙しいんだよ」

征十郎は、どうにか言葉を絞り出す。「忍者に爆弾投げられたり、海賊に放り投げられたり、危険分子《テロリスト》に毒殺されそうになったり――」

「自業自得だろう、阿呆《あほう》が」

冷ややかな各務《かがみ》の視線は、しかしその奥に、笑みの片鱗《へんりん》が垣間見《かいまみ》えた。

「つまらん浮世の事情に、いちいち首を突っ込むからだ」

「つまらなかったら、いちいち首は突っ込まないな」

横たわったままの征十郎《せいじゅうろう》は、言葉どおり、どこか楽しげだ。

「ならやっぱり、阿呆だな」

各務は鼻を鳴らし、「薬湯《やくとう》を」と太陰に命じる。

「阿呆に生きるのも、まあそう悪くはないぞ」

漸《ようよ》う上体を起こした征十郎は、まだ震える手で煙管《きせる》を取り出した。

各務はただ、肩を竦めただけだ。

「どんな案配かな」

声をかけたのは、目を開いたフィーアに対してだ。彼女は仰向けに倒れたまま、眼球だけを動かして周囲の状況を確認している。

「知らない情報《データ》が、あります」

「そうだろうね」

頷《うなず》き、各務はその先を促すように征十郎に目配せした。彼はどうにかこうにか火をつけて、煙をゆっくりと吸い込んでから口を開く。

「名前は？」

「製造番号は、二月の四番目《フィールデ・フェブラリ》です」

「おまえ自身の名前のほうだ」

重ねて征十郎は訊《き》いたが、フィーアは首を傾《かし》げた。答えが出そうにもないので、質問を変える。

「出身地は？」

「オランダ、アムステルダムの工房です」

「そりゃ、がわの話だなあ」

征十郎は残念そうに、紫煙を吐く。心なしか、肩を落としているようにも見えた。

「核《コア》、の話でしょうか」

その様子を見たから、というわけではないかも知れないが、彼女は言った。「それならば、わたしは四百四体めの被検体《アナライト》となります。顕現性は些少《さしょう》なため、機能に支障はありません」

「核、ってのはなんだ？」

眉根を寄せる征十郎をまっすぐに見据え、フィーアは首を横に振った。

「詳しい情報は、ありません」

「ふうむ」

指先に載せた煙管を上下に揺らしながら、征十郎は少し気に食わなそうな顔で唸った。

「機巧人形の核となれば、動力である禍魂《まがたま》のことではないのか」

太陰が運んできた薬湯を飲みながら、各務が言った。「うん」征十郎は頷いたあと、由《ゆ》井正雪《いしょうせつ》が口にした模造品について彼女に話す。

「彼女は、その模造品のための実験機、ということか」

「被検体、と言うぐらいだしな。可能性はある」

征十郎は頬杖《ほおづえ》を突き、煙管でフィーアを指した。

「禍津神を狩っていたのは、東印度《インド》会社の命令か」

「はい」

素直に頷くフィーアは、そのまま言葉を継いだ。「わたしたちは世界中のありとあらゆる場所で、神、悪魔《デーモン》、あるいは精霊などと呼ばれるものを狩っています」

「そこは隠さんのか」

不思議そうな各務に、「祟《たた》りの影響で、情報の保護が機能していないのかもな」征十郎はそう言った。

そして続けて、「では、〝すさ〟という単語の意味は？」フィーアに問いかける。

なにをいまさら訊いているのか、と各務は彼を胡乱《うろん》な目つきで横目にしたが、フィーアはこれに戸惑うような反応を見せた。

「それは——あなたの名前、かと」

「それ以外の意味では？」

「——わかりません。情報を閲覧できません」

「ほう」

小馬鹿にしていた各務が、片方の眉を少し持ち上げた。「ない、ではなく、見られない、か。興味深いな」

「とはいえ、なにもわからんことに変わりはない」

頭をばりばり掻《か》きながら、征十郎は困ったように唸る。

「海馬は特に、祟りの影響が強かった」

各務は、慰めるわけでもなく淡々と言った。「彼女自身の記憶は、その大半が汚染されている。そこはもう諦めろ」

「それを決めるのは、俺じゃない」

征十郎は、首を横に振る。

「おまえだ、フィーア。おまえは、自分が何者か、知りたくないのか」

「自分が——何者か」

彼女は、意味がわからない、といった様子で征十郎の言葉を繰り返した。

「わたしは、機械人形《オートマタ》ですが」

「だが、ここは違う」

自分の頭を指さし、征十郎は続けた。「おまえの頭部には、人間の脳が収められてる。おまえは、人間だったんだ。それを容易《たやす》く手放すな」

「そう言われましても」

人間なら肩を竦《すく》めたかもしれないが、フィーアはただ生真面目に、応答する。「わたしは、機械人形ですので」

「んふ」

それのどこが面白かったのか、畳の上に転がったままだった小夜《さよ》が、小さく噴き出した。そしてそのまま、口もとを押さえたままくつくつと笑い続ける。

征十郎が、大きな溜息《ためいき》をついた。

「世話になったな」

各務にひとつ頭を下げると、彼は立ち上がる。それを見たフィーアも、続いて立ち上がった。

「――近々、騒ぎがあるかもしれない」

転がったままの小夜を無視して部屋を出ながら、傍らの各務に言った。「場合によっちゃ、大騒ぎだ。そんときはまあ、ひとつ頼むよ」

「わたしは――」

各務が言いかけた否定の言葉を、征十郎の指先が止める。

「都《みやこ》が焼け落ちるなんてのは、楽しい思い出じゃないだろ？　それとももう全部、忘れちまったのか？」

「忘れるわけがなかろう」

不快げに眉をひそめる各務は、忌々しげに舌打ちした。

そうして、征十郎の足を蹴り飛ばす。

「さっさと行け。卑《ひ》怯《きょう》者《もの》め」

罵倒され、征十郎はしかし、にやりと笑う。

「ちょっと待って！」

そんな声が聞こえてきたのは、家の奥からだ。「顔を洗ってからじゃないと、出られない！」

小夜の悲鳴を聞きながら、征十郎は「じゃあ、またな」各務に手を上げて、さっさとその場をあとにした。

拾

小さな茶屋の店先に、征十郎は腰かけていた。

団子を咀嚼《そしゃく》し、熱い茶をゆっくりと啜《すす》る。

「来るのかしらね」

その隣でぼた餅を食べている小夜が、通りを見渡す。夕暮れどきだ。誰もが足早に家路を急いでいる。

「随分、遅れてらっしゃいますが」

「いつからそんなに時間厳守になったんだよ、おまえ」

征十郎は、悠然としている。だが、ぼた餅を胃の腑《ふ》に収め、指先についた餡《あん》を舐《な》め取る小夜は苛《いら》ついているようだ。

「何日も待たせたあげくの遅刻よ？　ちょっと下に見られすぎじゃない？」

「実際、幕府の重鎮と流れ者のカガリじゃあ仕方ない。比べる以前の問題だ」

団子を一皿食べ終わった征十郎は、煙管に火を入れる。その煙を味わいながら、夕日が沈み朱に染まる穢土《えど》の町を眺めた。

「綺麗《きれい》なもんだ」

感慨深げに、呟《つぶや》く。それを聞いた小夜は同じように町を眺めたが、目を細めて顔を顰《しか》めた。

「眩《まぶ》しい」

彼女の感想は、ただその一言だけだった。

征十郎は苦笑いして、反対側に顔を向ける。腰掛けもせず、直立不動のフィーアがそこにいた。

「おまえは、どう思う」

「わたしの眼球には遮光塗装が為《な》されていますので、問題ありません」

返答は、変わらず味気ない。

「本当《ほんと》に諦めが悪いんだから」

お茶を飲みながら、小夜が呆《あき》れたように言った。「無理だ、ってわかったんだから、そこはもう承知しなさいよ」

「諦めの悪さが長所なんだよ」

征十郎は不機嫌そうに、下顎を突き出した。

その様子を横目にした小夜は、小さな溜息をつく。

「だいたいさ」

彼女は、皿に残っていたもうひとつのぼた餅を手に取った。「自分が人間だった、ってことを思い出したとしてよ？　もう身体《からだ》は機巧《からくり》なんだから美味《お》しいものも食べられない、ってことじゃない。そっちのほうが残酷じゃない？」

「それを決めるのは、俺たちじゃない」

各務《かがみ》に言った言葉を繰り返す征十郎《せいじゅうろう》に、小夜の顔が不機嫌になる。

「その本人が、わたしは機械人形です、って言ってるでしょ」

「記憶がないだけだ」

そこは、頑として譲ろうとしない征十郎だった。

小夜は反論のために口を開いたが、しばし考えたあと言葉を紡ぐことはせずに閉じてしまう。

何事においても鷹揚《おうよう》で、どちらかといえば適当でだらしがない男だが、それでも頑固な部分があることを彼女は知っていた。

その頑《かたく》なさといえば、彼女ですらへし折るのに手こずるほどだ。

だから、開いた口の中に次のぼた餅を放り込み、餡を味わうほうが建設的だと判断した。

「よう、待たせたか」

そこに、声がかかる。

征十郎と小夜の前に現れたのは、編《あ》み笠《がさ》を被《かぶ》った旅装束の男だ。

年の頃は五十代半ばだが、肌艶も良く、生気に満ちあふれている。

「ちょうど、食べ終わったところだ」

征十郎が空になった団子の皿を指さすと、男はごくりと喉を鳴らした。

「今日は昼飯を食べそびれてな」

そう言うと、団子と茶を注文して征十郎の横に座る。

「そんなに忙しいなら、使いの者でも良かったんじゃありませんこと？」

小夜が嫌みたっぷりにそう言うと、その男――老中首座（※7）、松平《まつだいら》伊豆守信綱《いずのかみのぶつな》は嬉《うれ》しそうに笑った。

「そう言うな。おまえたちから声がかかるなんて、久しぶりだからな。こんな格好までして、年甲斐《としがい》もなく燥《はしや》いでるんだよ」

「どうせなら、そっちの朴念仁にも燥いでもらいたいものね」

小夜が横目にしたのは、黒い打裂羽織《ぶっさきばおり》（※8）を着た四十代半ばの男だ。

征十郎ほどではないが、その上背は六尺を優に超えている。鉄製の杖《つえ》を両手で地面に突き立てる姿は、仁王像を思わせる迫力があった。

隻眼だ。

彼は左目だけで、じろりと小夜を睨《ね》めつける。

「…………」

「――せめて、悪態ぐらいついたらどうなのよ」

苛立《いらだ》たしげな小夜を、やはり男は表情ひとつ変えずに見据えている。

小夜の唇がわずかに捲《めく》れ、鋭い牙が顔を見せた。

「あんまり小夜をからかってくれるな、十兵衛《じゆうべえ》」

ふたりの間に流れる緊張した空気を和らげようと、征十郎が割って入る。

「久しぶりだな、親父《おやじ》さんは元気かい」

「――殺しても、死にそうにないな」

そう答えて、十兵衛――書院番番頭にして妖魔改《ようまあらためかた》方長官、柳生十兵衛三厳《やぎゆうみつよし》は、じろりと征十郎を睨《にら》みつけた。「おまえにつけられた古傷は、冷えると疼《うず》くらしいがな」

「俺は首を斬られかけたんだ、お互いさまだろ」

「物騒な話は他でしてくれんかね」

運ばれてきた団子を早速、口の中に放り込みながら、信綱が言った。

その顔には、苦笑いが浮かんでいる。

「まあ、おまえたちが呼び出すほどだ、どちらにしろ物騒な話なんだろうがな」

「ご明察」

征十郎も団子のおかわりを頼みながら、手短に、東印度《インド》会社と由井正雪《ゆいしょうせつ》による政府転覆計画を伝える。

それを聞く信綱の顔に驚きの色はなく、まるでなにかの答え合わせをするかのように時折、頷《うなず》いていた。

やはり、と征十郎は得心する。

一学者の謀反や外国企業の二心《ふたごころ》を、数多くの隠密《おんみつ》を抱える幕府が見逃すはずがない。

「なるほど」

最後まで聞き終えた信綱は、口もとに意地の悪い笑みを浮かべた。「つまりおまえさん、このわたしを暗殺に来たということか」

「だったら、あんたの頭はもうそこらに転がってるだろうよ」

そう笑って返すと、地面に突き立てられた杖の先がみしりと音を立てた。

「それはどうかな」

低く深みのある十兵衛の声は、決して笑っていない。

征十郎は、その鉄の棒に目をやった。

「剣士は廃業か」

「任務の都合上だ」

厳《いか》めしいばかりの十兵衛の頬に、わずかながらに笑みが浮かぶ。

酷薄で、怖気《おぞけ》を震うような冷めた笑みだ。

「足を切れば失血死するが、叩《たた》き潰せば殺さず生け捕りにできる」

これに征十郎は、臭いものでも嗅いだかのように鼻面へ皺《しわ》を寄せた。

「やだねえ、人を痛めつけるのに真剣な輩《やから》は」

「貴様ほど、年季は入っていないがな」

ふたりは、睨み合った。

なぜか小夜《さよ》は、少しそわそわしながらそんなふたりを交互に眺めている。

先に動いたのは、征十郎だ。

皿の上に載っていた、串に刺した団子をつまみ上げる。その動きに反応して、杖を支えている両手がぴくりと動いた。

それを目敏《めざと》く見逃さなかった征十郎は、小さく鼻で笑う。

「――団子、喰《く》うか？」

十兵衛の表情は、変わらない。

だが、ゆっくりと歩み寄り、やや乱暴に団子の串を征十郎の手からむしり取る。そして味わうでもなく貪り喰らい、手の中には串だけが残った。

それを、征十郎めがけて投擲《とうてき》する。

空気を貫く鋭い音は、征十郎の袖口を掠《かす》めて団子の皿を貫いた。のみならず、腰掛けていた長椅子さえも貫通する。地面に深々と突き立った団子の串は、それでもまだすべての力を出し切っていない、と訴えかけるかのように激しく震えていた。

貫通した部分から亀裂の入った皿が、乾いた音とともに真っ二つになる。

「店の備品を壊しちゃ駄目じゃない」

真っ先に咎《とが》めたのは、小夜だ。「いい年したおっさんがなにしてんのよ」

征十郎は、耐えた。

だが、信綱は無理だった。

口の端が痙攣《けいれん》しつつもどうにか我慢していたが、肩を震わせた辺りで十兵衛の視線に気がつき、思わず噴き出してしまう。

「ああ、いやいや、悪い」

彼は慌てて咳払《せきばら》いして取り繕おうとしたが、十兵衛はそもそも、小夜の言葉を気にした様子はない。

杖を握る指先へ、わずかに力が入っただけだ。

「どうしてあんただけ、昔から懐かないのかしらね」

不思議そうに、小夜が呟く。「宗冬《むねふゆ》とか友矩《とものり》は小さい頃から可愛《かわい》かったのに」

「もうみんな、いい歳《とし》したおっさんだ。懐くとか可愛いとか、気持ち悪いからやめろよ」

辟易《へきえき》した様子の征十郎だったが、ふとなにかに気づき、信綱を見据えた。

彼は、素知らぬ顔でお茶を飲んでいる。

「そういうことか」

合点がいったように、征十郎は独りごちる。

「なにが？」

小夜が問いかけても、征十郎は応えない。

「なあ、信綱」

征十郎は、老中首座へ何事でもないような口調で声をかけた。

「それは、考え直したほうがいい」

今度は、信綱が応えない。

彼の顔には最初、苦々しさが浮かんだが、それはすぐさま決別の覚悟によって塗り替えられた。

「家綱《いえつな》さまは、まだ幼い」

だがそれでも、彼の声色にはまだ、一縷《いちる》の望みを摑《つか》もうとするような切望の響きがあった。「そこにつけ込もうとする輩は、国内外にごまんといる。それらを叩き潰して盤石の基盤を造るためには、力が必要だ」

「偽物に頼らなきゃならないほど心許《こころもと》ないか、家綱は」

信綱の心境が痛いほど分かる征十郎は、しかしそれでも、その一縷を摑むわけにはいかなかった。

「そんな弱いやつに、将軍が務まるかね」

わざと、突き放すような言い方をする。

十兵衛が突き立てている金属製の杖が、わずかに深く地中へ潜った。

「務めてもらわねば困る」

信綱の声は、小揺るぎもしない。「数多《あまた》の死を糧に手に入れた太平の世は、諸外国と対等に戦う国造りのための得難い時間だ。幼い、などという理由でこの体制を揺るがすわけにはいかん」

「ご立派なことで」

征十郎は、煙管《きせる》を取り出した。

「流れ者には、わからんか」

信綱にそう言われても、彼は小さく肩を竦《すく》めるだけだ。

「所帯を持って、穢土《えど》に住めばいい。そうすれば、わたしの言葉も少しは理解できる」それは老中としての口調の中にも、少しだけ、彼個人の心境が紛れ込んでいた。「長いこと独り身だそうだが、そろそろ腰を落ち着けてみたらどうだ？」

「よせよ」

煙管に火を入れながら、征十郎は穏やかに笑った。

穏やかさの裏には、計り知れないほどに重ねられた暗い感情がただ静かに、横たえられている。

それを信綱は、感じ取っただろうか。

征十郎《せいじゆうろう》の横顔を一瞥《いちべつ》した彼は、やはり同じような穏やかな笑みを浮かべた。

「先立たれるのは、やはり堪《こた》えるか」

「まあな」

ゆっくりと煙を吸い込みながら、視線を上に向ける。夕焼けの色は、橙《だいだい》から紫へ変わろうとしていた。「しかしそれでも、慣れちまうもんなんだよ、惚《ほ》れた女が先に逝くのは」

溜息《ためいき》のように吐き出した紫煙が、夕焼けの色に溶け込んでいく。

「だけどな、子どもは駄目だ。子どもを看取《みと》るのだけは、どうしても耐えられない」

「――そうだな」

嚙《か》み締めるような信綱の言葉は、共感の吐息とともに足下へ落ちていく。

その一瞬は、生気に満ちあふれていた信綱の顔に、確かに老いの影が落ちていた。

だが、顔を上げたときには、それはもはや跡形もない。

「では、譲れぬか」

「これぱかりはな」

征十郎は、頷いた。

信綱もまた、頷く。

「できれば、この件には関わってほしくなかったな」

彼はそう言って、立ち上がる。

征十郎は、苦笑いした。

「そりゃあ、こっちの台詞《せりふ》だ」

その声は、信綱《のぶつな》の背中に当たる。彼は軽く手を振って、歩き去った。

だが、十兵衛はその場に留《とど》まっている。

その意味するところは、明白だ。

「ああ、だからあんたを連れてきてたわけだ」

小夜もようやく合点がいったように、呟《つぶや》く。「心情的にも技量的にも、征十郎を叩きのめすのに十分ってことね」

小夜の見立てに、十兵衛は口の端をわずかに持ち上げて応える。

その目は、静かに燃えていた。

地面に突き立てていた杖《つえ》を持ち上げ、構える。

征十郎は、長く息を吐いた。

「そんなもん振り回されたら、刀が折れちまうだろうが」

億劫《おっくう》そうに立ち上がると、茶屋の店先に立てかけておいた大太刀へと向かう。

「安心しろ」

十兵衛は、どう聞いても安心できなそうな凄《すご》みのある声で言った。「殺せとは言われてない。しばらく動けなくするだけだ」

「おまえの動けなくなる、の判断基準はちょっと逸脱してるんだよ」

うんざりした様子で、征十郎は大太刀の柄《つか》に手を伸ばす。

その指と柄の間の空間が、断ち割られた。

咄嗟《とっさ》に腕を引いていなければ、征十郎の手は打ち砕かれていただろう。

空を切って地面を打ち据えた十兵衛《じゅうべえ》の杖は、これを大きく陥没させ、大量の土塊《つちくれ》と粉塵《ふんじん》をばらまいた。

征十郎は罵声を漏らしながら、大地に突き刺さった杖を上から踏みつける。そうして動きを封じた一瞬に、ふたたび大太刀へ手を伸ばした。

その指先はしかし、届かない。

大きく、離れていく。

上に乗った征十郎ごと、十兵衛が杖を撥《は》ね上げたのだ。

巨軀《きょく》が高々と宙を舞う姿を、口をぽかんと開けたまま小夜が視線だけで追っている。

十兵衛もまた、跳んでいた。

仰向《あおむ》けの状態で落ちてくる征十郎の背中へ、杖の先端を撃ち込んでいく。まともに食らえば、背骨が砕かれる一撃だ。

征十郎は、腰の大小、両方の柄を纏《まと》めて握る。

そしてその鞘《さや》で、杖の先端を受け止めた。

受け止めたが、空中では打突の勢いを流すことも、踏ん張ることもできない。

杖と鞘の激突音は、さらに高々と巨軀を打ち上げた。

激しく回転しながら弧を描く身体《からだ》は、自分の身長三つ分ほどの高さから、茶屋の屋根へと落下する。

屋根瓦を粉砕し、巨軀は屋根の中へと突っ込んでいった。

落下速度と目方が、天井板の強度を上回る。

天井を突き破り、真下にあった座卓へと背中から激突した。上に載っていた茶器ごと粉砕し、破片を浴びた客たちが悲鳴を上げて逃げ惑う。

フィーアが征十郎に駆け寄ろうとするが、小夜がそれを押し止《とど》めた。

「どうしてですか」

「楽しそうだから、放っておいてあげなさいよ」

そう言われて、機巧人形《からくり》は理解できなかったのか固まってしまう。

そんな彼女の困惑をよそに、状況は進んでいく。

上から降ってくる天井の破片を振り払いながら、征十郎は素早く立ち上がって体勢を整えていた。

十兵衛はすでに、その間合いへ踏み込んでいる。

舞い散る木片を弾《はじ》き飛ばしながら、鉄の杖が突き込まれた。

その硬い先端を、征十郎はわずかに頭を傾けて躱《かわ》しつつ前進する。肌を擦るようにして通過する杖の、空を貫く音が鼓膜を震わせた。

すれ違いざま、鞘ごと腰帯から引き抜いた打刀を十兵衛の背中に叩《たた》きつける。

視界から、彼の上半身が消えた。

背後からの攻撃を気配で察知した十兵衛は、地を這《は》うほどに低く身体を倒し、尚且《なおか》つ地面を撫《な》でるような一撃を送り込んでくる。

半円を描くその打撃を、征十郎は後方に跳躍して躱した。

そちらには、大太刀がある。

十兵衛は立ち上がるより早く、手の中の杖を投擲《とうてき》した。

やや虚を衝《つ》かれた征十郎は、躱す時機《タイミング》を失い、鞘で打ち払う。凄《すさ》まじい衝撃に、跳躍途中だったその身体の均衡《バランス》が崩れた。

十兵衛は長椅子を無造作に蹴り倒しながら、疾走する。

その手が、征十郎の小袖の襟元を摑んだ。

征十郎の世界が、回転する。

摑まれると同時に足を払われ、彼の身体は一回転し長椅子へと叩きつけられていた。

真っ二つになった長椅子は、赤い野点傘《のだてがさ》を巻き込んで吹っ飛んでいく。

征十郎を叩きつけた十兵衛はすぐさま身を起こして追撃に移ろうとしたが、今度は自分の襟首が摑まれていることに気づく。

寝そべったまま、征十郎は十兵衛の腹を蹴り上げて投げ捨てた。

吹っ飛んでいった先には、茶屋の柱がある。

派手な音を立てて激突した十兵衛は、しかし俊敏に跳ね起きた。

当然、征十郎も起き上がっている。

茶屋の柱が、乾いた音を立てて曲がり始めた。

征十郎と十兵衛は、お互いに自身の得物に目を向ける。

地を蹴ったのは、ほぼ同時だ。

征十郎は転がったままの鉄の杖へ、十兵衛は先の騒動で倒れた大太刀へと。

お互いが、相手の得物への接近を先に封じようとした結果だ。

征十郎は杖を拾い上げると、躊躇《ちゅうちょ》なく、十兵衛へと肉迫する。十兵衛の膂力《りょりょく》と技量なら、三貫《十一キロ》以上ある大太刀でもなんなく使い熟《こな》すだろう。

一方、自分はといえば、使い慣れぬ鉄の杖で大太刀と渡り合うのは心許ない。ならば、と先手を打ったのだ。

躊躇なく突っ込んでくる征十郎に対し、十兵衛は些《いささ》かも慌てた様子がない。

鐺《こじり》を地面に突き立てたまま、低い姿勢で飛び出してきた。

鞘は置き去りに、刀身だけを背負う形で征十郎へと肉迫する。

ふたりの激突は、鞘が地面へ落ちるより早い。

まさしく空を断裂する勢いで振り下ろされる大太刀に対し、征十郎は真っ向から踏み込んでいった。

まともに受ければ、鉄製の杖といえどもただではすまない。

激突の瞬間、鉄と鋼が悲鳴を上げ、火花が血のように迸《ほとばし》った。

征十郎は足運びを変えて突進の方向と勢いを調整しつつ、絶妙な角度で大太刀の斬撃を杖で受け流していた。

大太刀の切っ先は、大地を抉《えぐ》る。その打撃力に茶屋の家屋が揺れ、十兵衛が激突した柱が大きく傾いた。

征十郎は十兵衛の側面に回り込み、爪先で弧を描きながら鉄の杖を叩きつける。

後頭部を狙う、横殴りの一打だ。

十兵衛は、躱さない。

地面に撃ち込んだ大太刀を、そのまま横薙《よこな》ぎにする。

大量の土砂とともに、大太刀の腹が征十郎の側面を襲った。

征十郎は咄嗟に、杖の軌道を変える。

引き寄せるようにして、握り部分で大太刀の腹を受け止めた。

全身を、土塊と剣風が襲う。

受け止めたまま、その巨軀は一丈《三メートル》ほども押し込まれた。

そして、大太刀が振り抜かれる寸前、征十郎は一気に十兵衛へと間合いを詰める。振り切った瞬間が、もっとも隙が多い。そこを狙ったのだ。

それは、十兵衛も承知していた。

だから振り抜くのではなく、投げ捨てる。

彼の手を離れた大太刀は重々しい響きとともに地面に落下し、その勢いのままに茶屋の店内へと飛び込んでいく。すでにもぬけの殻となった茶屋の壁を広範囲に亘《わた》って打ち壊し、建物自体が軋《きし》みながら傾いた。

それを背に、征十郎は杖の先端を十兵衛めがけて突き込んでいく。

十兵衛は両手を前に突き出すような格好で、それを迎え撃つ構えだ。

隙はない。

彼がその手で摑《つか》もうとしたのは、征十郎ではなかった。

杖だ。

突き出される杖をふところに呼び込むようにして躱しながら、撫でるように杖の表面に指先を這わせる。

そうしながら、自らは征十郎のふところで身体を旋回させていた。打突の限界点で征十郎の攻撃が一瞬、静止したそのとき、十兵衛の身体は回転の勢いに乗っている。

そこで十本の指が、がっちりと杖を握り込んだ。

征十郎《せいじゅうろう》は、その回転の力に巻き込まれ、前方へと放り出される。

どうにか受け身を取り、同時に、十兵衛の追撃に備えて向き直りつつ飛び起きた。

その手の中に、杖はない。

交差の一瞬で、十兵衛に毟《むし》り取られていた。

距離を取られれば、一方的に攻撃される——瞬時にそう判断し、脇差しを腰帯から鞘ごと引き抜くと、征十郎は躊躇なく前進する。

十兵衛は、それに合わせて打ちかかってきた。

だがそれは、見せかけだ。

彼の身体は、前にではなく後ろに下がっていた。

征十郎は当然、その差を埋めるべく猛然と突っ込んでいく。

十兵衛が前進したのは、まさにその瞬間だった。

彼我の距離を、間合いを狂わせる挙動だ。

彼の目論見《もくろみ》どおり、目測を誤った征十郎は、先手を取られた。

振りかぶった鉄の杖が、雷撃の如《ごと》く征十郎の頭部へと振り下ろされる。

当然、彼はこの打撃を受けるべく脇差しを撥ね上げた。杖を打ち上げ、がら空きになった胴へと一撃を叩き込む算段だ。

しかし、激突するはずの杖《つえ》が、そこにはない。

ふり《フェイント》、だ。

まっすぐ打ち下ろす、と見えた杖は、実際は側面から弧を描くようにして足下を狙っていた。

鉄製の杖は、征十郎の足を強《したた》かに打ち据える。腓骨《ひこつ》と脛骨《けいこつ》がまとめて粉砕され、支えを失った身体が均衡《バランス》を失った。

膝を突く。

それでも、征十郎は反撃した。

鞘に納まったままの脇差しを、至近距離から十兵衛の腹部へ突き入れる。

甲高い金属音が、これを阻んだ。

脇差しの鞘を痛打した杖は、そのまますると征十郎へ伸びる。

杖先が猩々《しょうじょうひ》緋の小袖の襟元に到達した刹那、十兵衛の手の中で杖が高速回転した。

小袖の布地が、それに巻き込まれる。

征十郎の喉が驚愕《きょうがく》の呻《うめ》き声《ごえ》を発したのは、搦《から》め捕られた小袖ごと持ち上げられたからだ。

視界が、猛烈な速度で後方へと流れていく。

投擲された、と理解した次の瞬間には、全身を強い衝撃が襲った。

茶屋の柱に、激突している。

先刻、征十郎が十兵衛《じゅうべえ》を叩きつけたのと同じ柱だ。

この衝突で、柱は完全にへし折れる。木っ端微塵《こっぱみじん》になった木片と一緒に床上を転がった
征十郎は、天井が近づいてくるのを目にして驚愕の声を漏らした。

茶屋の家屋は、度重なる損壊に耐えきれず、崩壊する。

木材が押し潰される乾いた音が連続し、征十郎の姿は轟音《ごうおん》の中に呑《の》み込まれていった。

「小夜《さよ》」

「あれぐらいじゃ死なないわよ」

いますぐ助けに行くべきだ、とフィーアの口調は主張していたが、小夜は確保しておいた長椅子に座り、茶を啜《すす》っている。

正しいのは、小夜だった。

瓦礫《がれき》の山となった茶屋が、下からの突き上げでもう一度、崩れ落ちていく。

持ち上げられ、押しのけられた瓦礫の下から、征十郎が現れた。その手には、同じく茶屋に押し潰されていた大太刀が握られている。

身体中についた破片や埃《ほこり》を叩き落としていた征十郎は、顔を顰《しか》めて呻いた。

脇腹を、鋭い木片が刺し貫いている。

彼はそれを摑むと、深呼吸したあと、一気に引き抜いた。傷口から木片と一緒に血が迸

るが、それは傷の大きさと深さからすると拍子抜けするほどすぐに止まってしまう。

瓦礫の山から抜け出してくるが、骨が折れたはずの足でも歩行に支障があるようには見えない。引き摺《ず》っていたのは、最初の数歩だけだ。

「随分、腕を上げたなあ」

感心したように、征十郎が笑う。

十兵衛は、忌々しげに舌打ちした。

「おまえが無駄に過ごした時間を、鍛錬に当てたからな」

「柳生《やぎゅう》一族はそろいもそろって勤勉だな」

やや呆《あき》れたように言う征十郎を、十兵衛は杖の先端で指しながら睨《にら》みつけた。

「おまえが怠惰なだけだ、征十郎」

彼は、憎々しげに唇を歪《ゆが》めた。「この世の誰にも負けぬほど強くなれるだけの素質と時間が、おまえにはあるというのに」

「あら」

我関せずと、茶屋の倒壊に巻き込まれなかった饅頭《まんじゅう》を頬張っていた小夜が、声を上げた。

「もしかしてあの子、それでずうっと征十郎に怒っていたのかしら」

「そんなこと言われてもなあ」

困ったように、征十郎は頭を掻《か》く。「俺は侍じゃない。剣の技を磨く必要がないんだよ」

「――そうだな」

十兵衛は奥歯を強く嚙《か》み締め、言葉を磨《す》り潰した。

ゆっくりと、征十郎へ向かう。

「だからおまえは、ここで俺に叩《たた》きのめされるんだ」

「そんなおっかない顔するなよ」

征十郎は、大太刀を肩に担いで苦笑いする。「親父《おやじ》殿にそっくりじゃないか」

「黙れ」

十兵衛は姿勢を低くし、両手で握った鉄の杖を後ろに引いた。「頭蓋を割れば、少しは口数も減るか？」

「痛い痛いって喚《わめ》くから、余計に煩《うるさ》くなるぞ」

征十郎は、大太刀の切っ先を十兵衛に向けた。

ふたりの足に、突撃のための力が込められていく。

まさにそれが、爆発する瞬間――それは起こった。

ふたりの先手を打って、爆発音が大気を震わせる。足下が激しく鳴動し、周りにいた人々から悲鳴が上がった。

近い。

征十郎と十兵衛は、同時に同じ方向へ視線を飛ばした。

信綱《のぶつな》が立ち去った方向だ。

先に、十兵衛が動く。

もはや征十郎のことなど忘れ去ったかの如く、爆発のあった方向へと駆け出した。

その後ろ姿を眺めながら近づいてくる征十郎に、小夜は、重そうな巾着袋を差し出す。

「なんだ、それ」

「信綱が置いてったのよ」

中を見てみれば、結構な量の金が入っていた。

「茶屋が壊れることは想定済みってことかよ」

征十郎は、苦い顔をする。「〝知恵伊豆《いず》〟なら、被害が出ないほうへ知恵を使えよな」

「で、どうするの？」

小夜がそう訊《き》いたので、征十郎は少し驚いた顔をする。

「猫糞《ねこばば》なんてしないぞ」

「当《あ》たり前でしょ」

小夜は、征十郎の向こう臑《ずね》を蹴っ飛ばす。

指さしたのは、先ほどの爆発で立ち上る黒煙だ。

「あれ、もしかしてあのなり損ないの妖魔の仕業じゃないの？」

「正雪《しょうせつ》か。あり得るが――」

それにしては行動が早すぎる、と征十郎は思った。それに、一介の軍学者がこれほど大量の火薬を調達できるだろうか？　信綱が健在であるのだから、東印度《インド》会社は頼れないはずだ。

いや、そもそもその前提が違うのかもしれない。

そこまで考えたところで、思考は火薬の燃焼が空を焼く音に阻まれた。

連続する。

爆発は、止まらない。

穢《え》土《ど》のあらゆる場所から、火薬が燃焼する轟《とど》きと木っ端微塵になった建築物の悲鳴が聞こえてくる。

至るところに、炎の赤が揺らめいた。

黒煙が、穢土を覆い尽くす勢いで広がっていく。

「こいつは――」

征十郎の呻き声は、爆音に呑み込まれた。

背中を、爆風と熱波が襲う。

大量の火薬が生み出した爆発は、凡《およ》そ人間の肉体で耐えられるものではなかった。音速を超える速度で広がる爆風は、周囲にいた人間を枯れ草のように薙《な》ぎ倒し、吹き飛ばす。

地面に打ち据えられて転がっていくその身体《からだ》を、自分自身で止めることはできない。特に至近距離にいた者は意識を失い、鼓膜は破け、衝撃で肺を破損した。

征十郎たちも、少し離れた位置にいたとはいえ、無傷ではすまない。爆風による打撃力は、征十郎が大地の上に立つことを許さなかった。

前のめりに地面へ叩きつけられ、数丈ほど転がされる。

小夜も同様に吹き飛ばされていたが、地面に落下する前にふわりと浮かび上がっていた。そして、転倒した征十郎の背中へそっと着地する。

「わお」

彼女の夕焼け色の双眸《そうぼう》は、それを上回る赤を映して輝いた。

燃えているのは、蔵だ。建ち並ぶ店舗の間にあった蔵は、上半分は完全に消し飛び、壁も粉砕して四方に散らばっている。

その両隣にあった店舗は、完全に倒壊していた。至近距離で発生した爆風に、家屋自体が完全に粉砕され、跡形もない。さらにその先にまで、爆発による破壊は及び、周囲十数軒が全壊、あるいは半壊していた。

爆発で生じた炎もまた、あらゆる場所に飛び散っている。黒煙が漂う中、その赤が確実に大きく、広がろうとしていた。

「小夜、悪いがちょっとどいてもらえるか」

「あら、失礼」

小夜は、優雅に征十郎《せいじゅうろう》の背中から降りる。彼女は背後を振り返り、少し先でぎこちなく立ち上がろうとしているフィーアを確認した。機巧《からくり》人形は、人間よりは遥《はる》かに丈夫だ。

「酷えことしやがるな」

上半身を起こして地面の上に座り込んだ征十郎は、顔を歪めた。

それは、痛みのせいでもある。

爆風に乗って飛来した木材の破片や金属片が、いくつも背中に突き刺さっていた。

周囲で倒れている人間の中にも、ただ爆風で失神しているだけでなく、運悪く飛来物に打たれて昏倒《こんとう》している者がいる。

呻き声や泣き声が、いまも倒壊の途中にある建造物の軋《きし》みや燃えて爆《は》ぜる木の音と唱和していた。

「で？」

小夜が、ふたたび訊いた。

征十郎は応えず、立ち上がる。

周りでは無事だった人間が、怪我人《けがにん》を助けるために走り回っていた。火を消そうと、水を汲《く》みに井戸へ向かう者たちもいる。燃える店から、必死の形相で金目のものを運び出そうとしている者もいた。そして、親しい誰かを亡くしたのか、その場にへたり込んで動かない者も。

視線を別の場所へ向ける。

いったいどれほどの爆弾が、穢土に仕掛けられていたのか。

視界に映る限り、至る所で火の手が上がり、黒煙がたなびいていた。

そのどの場所でも、同じような光景を目にすることができるだろう。

「首、突っ込むの？」

小夜が、質問を重ねる。

征十郎は、十兵衛が立ち去った方向を見た。

「関わるなって言われたばかりだが」

面倒くさそうにぼやき、それから歩き出す。「突っ込まんわけにもいかんだろう」

「突っ込んだ首を、斬られないようにしないとね」

小夜が、意地の悪い声で笑う。

「嫌なこと言うなよ」

なにかを思い出しでもしたのか、征十郎は寒気でもしたかのような顔で自分の首を摩《さす》る。

「まあでも、ここからはまったく無関係ってわけでもないわよ」

いうまでもなくそれは、危険分子《テロリスト》への対応ではない。

彼らは、カガリだ。

「やはり、生まれるか」

「もう、生まれてる」

禍津神《まがつかみ》は、人間の負の感情が受肉することにより、この世に生まれ落ちる。それは少しずつ日常の中で澱《おり》のように溜《た》まっていく場合もあれば、今回のように、大勢の人間が死傷する状況で突発的に条件が合致するときもあった。

自然災害や飢饉《ききん》などでも、禍津神の発生は報告されている。

「なら、俺たちの出番だな」

征十郎は、大太刀を担いで歩き出した。


（※7）……幕府における最高職である老中において、その筆頭にあたる者。

（※8）……帯刀のため、羽織の背が中ほどまで開いている羽織の事。

拾壱

燃え盛る民家の路地から、禍津神がずるりと姿を見せた。

まだ、小さい。

受肉したあとは、輪廻《りんね》を喰《く》らえば喰らうほど成長していくのだが、いま生まれ落ちたばかりで人間より少し大きい程度だ。

しかも、不思議なことに、周囲を逃げ惑う人間に喰らいつこうとしていない。

黒煙立ち上る通りで征十郎に出会《でくわ》したときも、攻撃の挙動は見せなかった。

一心不乱に、どこかを——あるいはなにかを目指している。

「まずいな」

呟《つぶや》きながら、征十郎は駆け出した。

積極的に捕食しないとはいえ、禍津神は祟《たた》りを周囲に撒《ま》き散らし、それに触れた動植物から輪廻を啜《すす》り取る。

行く手には、煙と炎に巻かれた人々が禍津神の接近にも気づかず、右往左往していた。

征十郎は祟りの中に踏み込んでいき、人間が四《よ》つん這《ば》いになったような禍津神の、背中へと大太刀を振り下ろす。

両手が、背中側へと跳ね上がった。

交差した腕で大太刀の一撃を受け止め、しかしその威力に地面へと押し潰される。足下が陥没するほどの打撃で、禍津神の下半身が腰の位置でふたつに折れて跳ね上がった。

だが、切断できていない。

硬いというよりも、柔軟性が高すぎる。

禍津神の性質、能力は千差万別だ。この多様性に適応できなければ、いかに熟練のカガリといえども命を落とすことになる。

禍津神を大太刀で地面に押し込めたまま、征十郎は素早く片手を空けて脇差しの柄《つか》を握る。

「小夜《さよ》」

そう声をかけた、瞬間だった。

禍津神の足が鞭《むち》のように撓《しな》り、征十郎の胴を薙ぎ払う。まともに食らった巨軀《きょく》は、背後の築地塀《ついじべい》（※9）に激突した。突き固められた泥土が粉砕し、塀に大穴を開ける。

転がり込んだ先は、他人の家の庭先だ。

状況がこうでなければ大騒ぎになっただろうが、幸いにも家人は避難して誰もいないようだった。

「そんなんだから、十兵衛《じゅうべえ》に怒られるのよ」

塀の上にふわりと浮かんだ小夜が、呆《あき》れた視線で見下ろしてくる。

征十郎は口の中に入った土を吐き出し、腹を押さえながら立ち上がった。

「天邪鬼《あまのじゃく》がなんだって？」

「なによ、わかってんじゃないの」

さらに呆れた顔で、小夜が溜息《ためいき》をついた。

だがすぐに、塀の外側へ目を向ける。

届いたのは、銃声だ。

フィーアが、自動拳銃《オートマチック》で禍津神に弾丸を叩《たた》き込んでいる。穿《うが》たれた弾痕からは白煙が立ち上り、禍津神はまるで苦悶《くもん》するかのように身を捩《よじ》らせていた。

「嫌な臭い」

小夜は、鼻を袖で押さえながら眉間に皺《しわ》を寄せた。

フィーアの装備は、いずれも禍津神を狩るためのものだ。

神性存在には、神性なるものでしか損害は与えられない。

銃弾に使用される鉛は、そのまま撃ち込んでも禍津神にはなんら痛痒《つうよう》を感じるものではないが、聖職者による祝福が為《な》されたものとなると話は別だ。

弾倉に残っていた弾丸を撃ち尽くすと、フィーアは素早く銃を拳銃嚢《ホルスター》に戻し、短剣の柄を握る。

先に撃ち込んだのは、禍津神だった。

悶《もだ》え苦しみながらも、その腕を槍《やり》の如《ごと》く伸ばしてフィーアの胸部を狙う。

速度は、銃弾に匹敵した。

だが機巧人形は、これに反応する。

上半身を仰《の》け反《ぞ》らせ、致命的な一撃を回避した。鋭い刃物の如き禍津神の指先は、彼女の小袖だけを切り裂いて伸びていく。

フィーアはそのまま後方へ宙返りし、着地と同時に短剣を引き抜いた。

前進するその速度に、禍津神は反応できない。

短剣の短い刃は、人間でいえば腎臓がある位置へ深々と突き刺さった。

そこから、疾走の勢いに乗って一気に斬り上げる。皮膚と肉が大きく裂けた禍津神の身体からは、血の代わりに祟りが噴出した。飛び出したのは、人間とは似ても似つかない、しかしなんらかの機能を備えているであろう臓器だ。

斬り上げた短剣を、素早く持ち替える。

振り下ろし、背中を踏みつけながら後頭部へと叩きつけた。

剣身はすべて頭蓋の中へ侵入し、刺突の衝撃で禍津神の顔面らしき部分が地面に激突する。

引き抜き、素早く後退したフィーアは、短剣を右手に握ったまま左手をまっすぐ突き出した。

肘から先が、変形する。

縦に割れた前腕の中から現れたのは、黒い銃身《バレル》だ。

その銃口が、連続して銃弾を放つ。自動拳銃よりも遥かに打撃力の高い弾丸に、禍津神の肉体は抉《えぐ》られ、穿《うが》たれ、爆《は》ぜ割れた。

着弾の衝撃に激しく身を震わせる禍津神は、しかし動きを止めることはない。銃撃の勢いに押されながらも、じりじりとフィーアへ躙《にじ》り寄っていく。

フィーアの左腕に仕込まれた銃の弾倉は、わずかに数秒で底を突いた。

彼女は素早く、帯革《ベルト》に提げていた予備弾倉に手を伸ばす。

しかし、それよりも禍津神の跳躍のほうが早い。

そしてそれよりも、征十郎が投擲《とうてき》した大太刀のほうがさらに早い。

大太刀の切っ先は、禍津神の胴体に深々と突き刺さった。

勢いは、減衰しない。

禍津神の身体《からだ》は、大太刀に吹き飛ばされ、反対側の築地塀に激突した。切っ先は塀を完全に貫通し、神の肉体をそこへ縫い止める。

だがそれも、わずかの時間——禍津神は前進し、その背後で塀が崩れ落ちた。

その一歩目で、征十郎《せいじゅうろう》は間合いへ飛び込んでいる。

手にしているのは、打刀――すでに、小夜の血は塗られていた。

胴体を貫通する大太刀を避け、斜めに斬り込んだ。

肩口から脇へと、刃が駆け抜ける。

断面が、白煙を吹いた。

受胎した禍津神と小夜の血液が反応し、神の肉体を灼《や》いている。切り落とされた上半身部分は地面の上でのたうち回ったが、その動きは次第に鈍くなっていく。

征十郎は大太刀の柄を握ると、こちらへ手を伸ばす禍津神の足を払い、足下へと押し倒した。切っ先が深く地面に突き立ち、今度こそ神の動きを封じる。

跳ね上がったのは、足だ。

さすがに今度は、征十郎も反応する。

右足の一撃は仰け反って躱《かわ》し、左足の蹴りを放たれる前に素早く斬り落とした。その斬撃が弧を描き、高く伸びた状態の右足もほぼ同時に切断する。

最後に、鋭い手刀を突き入れようとしていた腕を突き刺し、胴体同様に地面へ縫い止めた。

痛覚や失血死のない禍津神は、その状態でも拘束から逃れようと激しく身動《みじろ》ぎするが、征十郎は慌てずに脇差しを引き抜く。

切り離された部位と残りの部位を、一瞥《いちべつ》する。

迷いはない。

胴を貫く大太刀の脇へ刃を走らせ、開いた傷口へ手を突っ込んだ。禍津神はまるで嫌がるように身を捩ったが、その体内を探る手は止まらない。

その指先は、すぐに目的のものに触れた。

祟りに塗《まみ》れたその掌《てのひら》が引き出されると、途端に禍津神は動かなくなる。

掌の中に握られているのは、禍魂《まがたま》だ。

「では、ちょっと失礼して」

御神酒で禍魂を洗う征十郎の傍らで、小夜が、切断された禍津神の足を拾い上げる。

「小夜」

フィーアが珍しく、どこか慌てた様子すら感じさせる声を上げた。

小夜が、禍津神の足に牙を立てようとしたからだ。

「それは、食べ物ではありません」

「――まあ、そうね」

喰らいつくのをいったん止《や》めた小夜は、頷《うなず》いた。

同意が得られた、と判断して安堵《あんど》したのか、フィーアの声は落ち着きを取り戻す。

「食べたらきっと、おなかを壊します。捨てましょう」

「壊したことなんてないわよ」

小夜はそう言って、ふたたび禍津神《まがつかみ》の足に齧《かぶ》りつこうとする。

フィーアは素早く、禍津神の足を小夜の手の中から叩《はた》き落とした。

その行動があまりに予想外で、小夜はしばし空になった自分の両手を眺めたあと、足下に落ちた禍津神の足を見やる。

「死にますよ」

「死にません」

フィーアは身を屈《かが》め、もう一度、禍津神の足を拾い上げる。「私はずうっと、これを食べてるの。むしろ食べないと死んじゃうの。だから、邪魔しないで。わかった？」

「わかりません」

フィーアは頑《かたく》なというよりも、ただ単に、言葉どおり理解できないだけのようだった。

「禍津神を喰らう人間など、わたしの情報《データ》にはありません」

「小夜は、人間じゃないからな」

御神酒で洗い流した禍魂を征十郎は布で包《くる》み、腰帯に下げていた革袋へと収めている。

「人間ではない？」

フィーアは疑問を呈したあと、不意になにかを理解したかのように表情が揺らいだ。

銃弾を再装塡した左手の銃口を、小夜に向ける。

「小夜、あなたは禍津神ですね」

「半分だけね」

小夜は肩を竦《すく》めると、今度は邪魔されずに禍津神の足に喰《く》らいつき、肉を噛《か》み千切った。

「禍津神を狩るための人形だ、探知能力があってもおかしくないか」

征十郎は、ふたりの間に割って入る。「だから最初に目が覚めたとき、小夜を撃ったんだな」

「半分とは、いったいどういうことですか」

それでもまだ、フィーアは混乱していた。彼女が狩るべき相手として設定された禍津神についての情報と小夜は、あまりにかけ離れている。

「半分は人間だ」

征十郎はそっと、フィーアの腕に内蔵された銃に触れた。「だが、禍津神の部分が輪廻《りんね》を求める。彼女はそれを、禍津神を喰らうことで補ってるんだ」

「輪廻？」

「時間と空間を超越した、魂の円環のことだ」

征十郎は、指先で空中にくるりと円を描いた。「俺たちはその輪の中で、あらゆる時間と場所に存在している。千年前も千年後も、輪の中心から見ればどれも同じ位置だ」

征十郎は、自分で描いた円の中心部分を指先で突《つつ》いた。

そして、にやりと笑う。

「つまり生きとし生けるものすべてが、時間と宇宙の中心にあるってことさ」

「理解できません」

フィーアは正直だった。

征十郎は小さく声に出して笑うと、少し照れたように頭を掻《か》いた。

「まあ俺も、受け売りだけどな」

フィーアが左腕の銃を収納するのを確認し、征十郎は頷いた。「結論から言うと、禍津神がこの世界に存在するには、輪廻が必要になる。つまり、半分禍津神の小夜《さよ》は、輪廻を喰らわないと生きていけない。そういうことだ」

禍津神の足を頬張る小夜を指さし、征十郎は続ける。「もしどうしても禍津神を殺さなきゃならないなら、彼女のその部分だけ正確にやってくれ。人を殺せ、とは命令されてないんだろう？」

「…………」

フィーアは押し黙った。

その目は自然と、小夜に向けられる。

彼女は神の肉を嚥下《えんげ》してから、機巧《からくり》人形の視線を受け止めた。

「うまくやりなさいよ」

「…………」

これにもフィーアは、言葉がなかった。

あるいは彼女が完全なる機巧人形であれば、攻撃するにせよしないにせよ、答えはもう少し早く出たかもしれない。

それを妨げた逡巡《しゅんじゅん》は、やはり人間の脳に因《よ》るものだろうか。

「結論はまあ、後に回していい」

征十郎は、フィーアから視線を外した。

「小夜、感じるか」

「うん」

禍津神の肉を咀嚼《そしゃく》しながら、小夜は頷いた。「あっちね」

彼女は、指さした。

その先にあるのは――穢土《えど》城だ。

「急ごう」

征十郎が走り出す。

「なにが起こるのですか」

並んで駆け出しながら、フィーアは穢土城になにがあるのか、と目を凝らしている。

「〝大魔縁《だいまえん》〟だ」

答えを聞いても意味が分からなかったのか、フィーアは視線を征十郎に戻す。

「負の感情がひときわ強い個体に他の禍津神が引き寄せられ、喰われて吸収される現象のことよ」

そう言ったのは、小夜だ。「凄《すつご》くわかりやすくいうと、めちゃくちゃ大きい禍津神が生まれるの」

「大きいだけじゃないぞ」

征十郎が、つけ加える。

「大魔縁となった禍津神は、輪廻の力が強すぎてこの世界の理《ことわり》を壊しちまう」

「危険ですか」

「かなりな」

黒煙が満ち、炎が穢土の町を赤く照らす中、これ以上の危険などあるのだろうか——そう考えているのか、フィーアは周囲を一瞥した。

「徳川《とくがわ》の世がここで終わる、ぐらいならいいんだが」

それはまさしく、この騒動の首謀者と目される由井《ゆい》正雪《しょうせつ》の目的そのものだ。

「場合によっちゃ、空間と時間がねじ曲がる。招かれざる者が現れるかもしれん」

「では、大魔縁を阻止するのですね」

道理や理屈は理解できなくとも、目的がわかれば行動できる。フィーアの声は、少し勢い込んでいた。

征十郎は、頷く。

「これ以上、世界の有り様《よう》を変えてもらっちゃ困るからな」

「これ以上？」

フィーアがそう聞き返した直後、「でも、ちょっと遅かったみたい」小夜が、舌打ちする。

それは最初、黒煙のようにも見えた。

穢土城に覆い被《かぶ》さるようにして蠢《うごめ》く、黒い影だ。

それが禍津神だと認識した人間は、あまりの巨大さに愕然《がくぜん》としただろう。

「阻止ではなく、討伐だな」

征十郎の速度が、さらに上がった。

そのまま一気に城まで駆けつけたいところだったが、その道程には、まだ大魔縁に取り込まれていない禍津神が跋扈《ばっこ》している。

それをひとつひとつ処理していくだけでも、相当な時間が失われるだろう。

だが、無視するわけにもいかない。

禍津神を喰らえば喰らうほど、すでに誕生した大魔縁がより強大な祟《たた》りとなるからだ。

征十郎たちはやむなく、発見次第、討伐していく。

その数が三体を数えたところで、フィーアが言った。

「個別に当たりましょう」

そう提案したのは、フィーアだ。

「このままでは、手遅れになります」

「──そうだな」

征十郎《せいじゅうろう》は、異論を唱えなかった。

その目は、フィーアの背後に向けられる。

炎に包まれる呉服屋の中から、禍津神が戸口をその巨軀《きょく》で破壊しながら現れた。まるで着物を重ね着したかのように、何層にも分かたれた身体《からだ》をしている。

その体軀《たいく》を見て、フィーアは自動拳銃《オートマチック》を拳銃嚢《ホルスター》に戻すと左手の機銃を解放した。

「行ってください」

「また呑《の》まれるなよ」

征十郎は、冗談めかして言った。

「そのときは」

フィーアは背中を向けながら、応じる。「また、助けてください」

それは果たして、冗談だったのか。

駆け出していた征十郎は振り返ったが、彼女の表情は確認できない。

「――おかしいな」

征十郎がそう言ったのは、しばらくしてからだ。

「なに？」

「正雪の手下を見かけない」

穢土各所で連続した爆破は、由井正雪が率いる張孔堂《ちょうこうどう》の連中が引き起こしたものだと征十郎は確信していた。

だとすれば、相当数の人員を駆り出しているはずだ。

なのになぜ、彼らの姿がないのか。

「みんな、禍津神に食べられちゃったんじゃない」

「まあ、その可能性もある」

だとすれば、随分と間抜けな話だ。

しかし、間抜けで済ませられない場合もある。

妖魔と成り果てた正雪に、喰らわれた場合だ。

魂を喰らえば喰らうほど、妖魔としての神格が高くなる。純粋に、強くなる。それは禍津神と同じ性質ではあるが、方向性が違う。

禍津神は大魔縁と呼ばれる存在へと変化し、世界そのものの理をねじ曲げるが、妖魔は単純に、一個体としてどこまでも強靱《きょうじん》になっていく。

その力が人知の及ばぬ高みまで達したものを〝魔神〟と呼び、これを妖魔《ようま》改《あらため》方《かた》はなによりも警戒し、畏れた。

「まさかな」

征十郎は、自身の中に生じた懸念を言葉でごまかした。

これほど短期間で妖魔が魔神まで神格を高められるかどうか、については、わからない、としかいいようがない。

魔神との遭遇率が低く、生態が明らかにされていないからだ。

「妖魔って、妖《あやかし》も食べるんだっけ」

張孔堂の人間ならば、集めていた妖を所持していたはずだ。彼らが正雪に魂を喰われていた場合、武器である妖は置き去りにされ、その気配を漂わせているはずだった。

「喰う。共食いもするぞ」

「意地汚いわね」

小夜は、不快げに鼻面に皺《しわ》を寄せた。

「いや、おまえが言うなよ」

思わず征十郎が突っ込むと、「なんか言った⁉」と小夜が凄《すご》んでくる。

そして、立ち止まった。

数歩、先に行った征十郎は、呆《あき》れた顔で急停止する。

「おまえ──」

小言を言おうとした征十郎は、言葉を切った。

周囲を漂う黒煙の中から、五体ほどの禍津神《まがつかみ》が現れる。大きさはそれほどではないが、性質や能力の違う禍津神を複数、相手にするのは至難の業だ。

小夜は、口の端を歪《ゆが》めて笑った。

「あんた鈍臭いから、こんなの相手にしてたら朝になっちゃうわよ」

「器用なところもあるんだぞ、俺だって」

言い返してはみたものの、小夜の言い分が正しいのはわかっていた。

彼女は、鼻で笑い飛ばす。

「さっさと先に行きなさいよ」視界を閉ざす黒煙の先を、小夜は指さした。「私は意地汚く、食事の時間にさせてもらうから」

「食べ過ぎて、動けなくなるんじゃないぞ」

言い合う時間も、惜しい。

だから、立ち止まった小夜を置き去りに、征十郎はふたたび疾走し始めた。

「まったく」

その背中を横目にした小夜は、呆れた口調で呟いた。

「器用なやつが、こんなところで煤《すす》まみれになってるわけないでしょうに」

それは、征十郎の耳朶《じだ》に届く前に、黒煙に吞み込まれていった。

彼は、ひたすらに駆ける。

そこからさらに二体、禍津神を斬り捨てて禍魂《まがたま》を回収しながら、穢土城へと近づいていく。

四谷門を越えて外郭に入ると、禍津神は殆《ほとん》ど見かけなくなった。

すでにその大半が、大魔縁に吸収されてしまったのだろう。

人気《ひとけ》はない。

周囲では爆発の名残で火の手が上がっているが、それも外郭までで、内郭への侵入は難しかったのか、市中と違ってそれほど被害はないようだ。遠目に見る限り、火の手は上がっていない。

それでも速度は緩めずに、一番近くにある半蔵門へと突き進んだ。

門は、開け放たれている。門番の姿もない。いや、あった。干涸《ひか》らびた人間の屍《しかばね》が、そこかしこに転がっている。それを踏み潰さないように駆け抜け、内郭へと飛び込んでいく。

そして彼の目に初めて、生きた人間の姿が映った。

十兵衛《じゅうべえ》だ。

肩に人を担いでいるとは思えぬほど、速い。追いついて併走した征十郎は、それが誰か確認して声をあげた。

「信綱《のぶつな》のやつ、遂《つい》にくたばったか」

「阿呆《あほう》が」

肩に担がれていた信綱が、やや苦しげな声で悪態をつく。

「勝手に殺すな。このとおりぴんぴんしておるわ」

「自力で走れないやつがなに言ってる」

征十郎の言うとおり、命に別状がないとはいえ、軽傷でないことは顔色を見ればわかる。

外傷もそこそこ見受けられるが、おそらく爆風で内臓に損害を被ったのだろう。

信綱があの爆破の主要な目標であったことは、時機的《タイミング》に見て間違いない。

そしてそれに、自分自身が一役買ってしまったことに征十郎は気づいていた。

初めから、アーチボルドは正雪と組む気だったのだ。おそらくあの手紙は偽物《フェイク》で、両者の間にはすでになんらかの合意が成されていたのだろう。

征十郎は、信綱を誘《おび》き出すために利用されたのだ。

「――まあ、すまなかった」

だから、謝罪の言葉を口にした。

なにがどう、とは言わなかったが、信綱は、それを聞いて口もとを歪める。

笑みの形だ。

「ひとつ、貸しだな」

「すぐに返すことになりそうだがな」

征十郎は、見上げた。

大魔縁《だいまえん》と成った禍津神は、その巨軀を祟りそのもののようにどろりとした液体状にして城に取りついている。その重みで、城の一部が崩れ始めていた。

信綱の切迫した「急げ」の言葉に、十兵衛の速度が上がる。

本丸へ近づいていくと、穢土《えど》城の崩壊がより明瞭に確認できた。斜めに、傾《かし》いでいる。さながら悲鳴のように、城が押し潰される音が降ってきた。剝がれ落ちた外壁や屋根が、石垣を転がり落ちてくる。

「なによりも先に、家綱《いえつな》さまを捜せ」

目の前で粉々に砕け散った屋根瓦を見ながら、信綱の声には逼迫《ひっぱく》した響きがあった。

「最優先だ、わかるな、十兵衛」

「御意」

そう言うや否や、十兵衛は担いでいた信綱をその場に降ろした。彼は自分の足では立っていられないらしく、石垣に背を凭《もた》れかけさせて座り込んだ。

「では、御免」

十兵衛は一礼すると、凄《すさ》まじい速さで駆け出した。

その後ろ姿を眺めていた征十郎は、呆れたように息を吐く。

「おまえ、こんなところに座り込んでたら死ぬぞ」

それは脅しでもなく、推測でもない。すぐそこまで迫っている大魔縁に呑み込まれれば、輪廻《りんね》ごと命は貪り食われる。

「そう易々《やすやす》と奪われるつもりはない」

彼はふところから、一振りの短刀を取り出した。

それで大魔縁に一矢報いる、という腹づもりではない。

「不動正宗か」

征十郎は、抜け目がないな、と頬を緩めた。

正雪《しょうせつ》たちが集めていた妖とは真逆の性質を持つ、付喪神《つくもがみ》だ。

妖は所有者の肉体を乗っ取りその魂を喰《く》らうが、付喪神は人間を守護する。その神性は神が宿ってのちの年数に因るが、百年を超えると禍津神の祟《たた》りをも退けるといわれていた。

「とはいえ、物量で押し潰されかねないな」

征十郎の視線の先で、大魔縁は城を覆い尽くさんばかりに巨大化していた。いくら祟りに輪廻を喰らわれないとしても、あれに呑み込まれれば単純に圧死する。

「心配するな」

信綱は、石垣に縋《すが》りながらもどうにか立ち上がった。「家綱さまのご無事を確かめるまで、死ぬわけにはいかん」

「そうやって無理してると――」

忠告しようとした征十郎《せいじゅうろう》の声を遮ったのは、雄叫《おたけ》びだった。

全身の皮膚が粟立《あわだ》つような怨嗟《えんさ》の、鼓膜が裂けそうなほど悲痛な咆哮《ほうこう》だ。

大魔縁の全身に、顔が浮かび上がっていた。男も、女もいる。そのそれぞれが口を大きく開き、嘆きの声を漏らしていた。

その中でもひときわ大きな顔が、大魔縁の一番上から突き出ている。

それを目にした信綱が、低く呻《うめ》いた。

「福《ふく》か」

その名を耳にした征十郎は眉根を寄せたが、すぐに思い至る。

春日局《かすがのつぼね》だ。

先代家光《いえみつ》の乳母を務め、大奥にて絶大な権勢を振るった女傑であり、十兵衛の父である柳生宗矩《やぎゅうむねのり》、そしてこの信綱とともに〝鼎《かなえ》の脚〟と称された有能な政治家でもある。

「馬鹿め」

信綱は、短く吐き捨てた。

ただの罵倒ではない。

喉で押し潰したような声には憤激と悔恨、そして一抹の寂しさがあった。

「死してなお、なにを祟ろうというのか」

「それが、おまえたちの本性だろう」

信綱の呟きに応じたのは、征十郎ではない。

声は、上からだ。

ふたりは、仰ぎ見る。

石垣の上に、彼がいた。

由井《ゆい》正雪だ。

一見すれば、満身創痍《まんしんそうい》だった。蘇芳《すおう》色の小袖は刀傷で裂け、血に濡《ぬ》れている。その長い髪も、乾いた血で固まっていた。すでにどこかで一戦、交えてきたようだ。

だが、着物の裂け目から見える肉体に傷はなく、出血もない。

彼は、詠《うた》うように言った。

「妬《ねた》み、嫉《そね》み、恨み、辛《つら》み——それがおまえたちのすべてだ。だから、わたしが正してやろうというのだよ」

信綱がまたしても、呻き声を上げる。

正雪の言い分に思うところがあったからでは、ない。

〝徳川《とくがわ》殺し〟村正を引っ提げた危険分子《テロリスト》たる男が、その左腕に、十歳ほどの子どもを抱きかかえていたからだ。

「信綱！」

子どもが、叫ぶ。

ただの子どもではない。

徳川第四代将軍、家綱だ。

十兵衛は、間に合わなかったらしい。

「動くなよ」

咄嗟《とっさ》に前に進み出ようとした信綱を制する言葉は、覿面《てきめん》に効果があった。村正の刃が、家綱の首筋に触れたからだ。

「おまえたちはなにもせずに、穢土が滅びるのを眺めていろ」

「信綱、よい！」

家綱はまだ声変わりもしていない高い声で、訴える。「余のことは捨て置け。やるべきことをやるのだ」

「立派なもんだ」

征十郎は感心したように言って、正雪のほうへ近づいた。

「よせ、征十郎」

信綱が慌てて制止するが、彼の歩みは止まらない。

背中に回した手は、下緒《さげお》を解《ほど》く。落下した鞘《さや》の鐺《こじり》は石畳に激突し、征十郎はそのまま前進することで、鞘から大太刀を引き抜いた。

「動くなと言ったぞ、カガリ」

正雪の声に、石畳の上で跳ねる鞘の音が重なる。

「四代将軍の命を軽んじるのか」

「心配するなよ、正雪」

長大な刀身を軽く振り回して肩に担ぎながら、征十郎は言った。「すぐに第五代将軍が選ばれる。いくらでも替えが利くんだよ」

「征十郎！」

信綱の声にあるのは、単なる不敬への怒りだけではない。

正雪は、薄笑いを浮かべた。

「神を狩る者にとれば、将軍など敬うに値しないか」

「ひとつ、訊《き》いていいか」

泰然とした態度の征十郎からは、確かに、人質となった将軍への配慮や気遣いはまったく感じられない。

正雪は、その真意を測るかのように双眸《そうぼう》を細めた。

「なんだ？」

「おまえは正雪か？　それとも妖魔か？」

この問いかけにぎょっとした顔をしたのは、家綱だ。どうやら彼は、知らなかったようだ。

国家転覆を企《たくら》む危険分子と妖魔、果たしてどちらが恐ろしいか。

それは、彼の表情を見れば一目瞭然だ。

強《こわ》ばった顔からは血の気が引き、汗が噴き出し、その視線は左右に揺れて定まらない。

先ほどまでの気丈な態度は崩れ去り、その小さな身体《からだ》が小刻みに震え始めた。

正雪は——正雪の形をしたものは、にたり、と笑う。

「わたしは正雪だよ、当然ね」

彼の瞳はいまや、闇夜を照らす月の如《ごと》く黄金に輝いている。首を傾け、眼球をぐるりと回転させた。「わたしの記憶はすべて、魂ごと喰らった。だから正しく、ここに居るのは幕府転覆を企む危険分子、由井正雪さ」

「心は食い残したのか？」

征十郎はさらに一歩、彼に近づいた。

「心？」

長く赤い舌で唇を舐《な》めながら、正雪は肩を竦《すく》めた。「そんなもの、どこにもなかったな」

「そうか」

落胆した様子も納得した様子もなく、征十郎はただ頷《うなず》いた。

そして踏み込み、大太刀を振り下ろす。

電光石火の斬撃だ。

しかし、征十郎の位置からは、大太刀の長さがあってもなお、正雪の位置まで届かない。

だから狙いは、彼ではなかった。

彼が立つ石垣を、縦に両断する。

その打撃は、切り裂いた石のみならず、その周囲をも巻き込んで崩壊させた。足場が崩れた正雪は、しかし人間のように転落することはない。

「愚か者め」

空中に浮いたまま、彼は、家綱の首に押し当てていた刀に力を込めた。

信綱《のぶつな》の喉が、悲鳴を上げる。

その悲鳴を、鋭い音が貫いた。

矢だ。

飛来したその矢は、正雪の手の甲に突き刺さる。

掌《てのひら》を貫通した鏃《やじり》が、柄《つか》を強打した。

村正は彼の手の中から弾《はじ》き飛ばされ、宙を舞う。

征十郎は大太刀をその場に放り出し、疾走した。崩れ落ちた石垣の山を一気に駆け上がり、正雪の間合いへと飛び込んでいく。

刀を取り落としても、彼は慌てず、動揺もしなかった。

征十郎の狙いが家綱《いえつな》であると理解し、大きく間合いを取るべく宙を飛ぶ。

それを追って、跳ぶ必要はない。

立て続けに三本の矢が、正雪の身体に突き立った。

一本は、家綱を抱える腕の肩関節を粉砕する。同時に靱帯《じんたい》と筋肉を切断し、その手から
将軍の身体を解放した。

二本目は、脇腹だ。

彼の身体がくの字に折れ曲がり、鏃は肝臓を刺し貫く。

そして最後の一本が、鎖骨を砕きながら斜めに胸部へと潜り込んだ。

心臓を貫通する一矢だ。

家綱の身体はどうにか信綱が受け止めたが、正雪は完全に体勢を崩し、頭から落下する。

頭蓋と頸骨《けいこつ》の砕ける音が、響いた。

普通は、即死だ。

しかし、何事もなかったように立ち上がる。

その程度で妖魔が死なないことは、わかっていた。

立ち上がった正雪が村正を探す素振りを見せたそのときには、すでに引き抜いた打刀を
横薙《よこな》ぎに叩《たた》きつけている。

刃が空を叩く音で、頸部《けいぶ》を切断する響きは掻《か》き消された。

回転しながら、正雪《しょうせつ》の頭が跳んでいく。身体のほうも石畳に叩きつけられ、跳ねながら転がっていった。

そして、跳ね起きる。

四肢を使い、獣のように疾走した。

その先にあるのは、頭だ。

頭がなくても絶命しないが、それでも必要としているのか。

阻止せんと征十郎も走り出しだが、わずかに正雪の身体のほうが早い。

彼の指先が、その黒い髪を摑《つか》もうとしたそのとき――頭部が突然、吹っ飛んでいった。

こめかみには、矢が突き立っている。

さらに一本、また一本と、正雪の頭部に矢は突き刺さった。そのたびに跳ね飛んでいって、摑もうとする彼の指先から遠ざけていく。

四本目の矢が正雪の眼球を抉《えぐ》ったところで、ようやくその指先が届いた。

だが同時に、征十郎の斬撃も届く。

唸《うな》りを上げて振り下ろされる太刀筋は、正雪の胴体を捉えていた。

だが、次の瞬間に血反吐《ちへど》を吐いていたのは征十郎のほうだ。

石垣に全身を強く叩きつけられたが、損害はむしろ、弾き飛ばされる寸前に正雪から浴びせられた不可視の力に因るもののほうが大きい。

打刀がその胴を両断する直前に、正雪の掌が征十郎《せいじゅうろう》に向けられた。

そこから生じたのは、斥力に似た力だ。強力な反発力で、征十郎の巨軀《きょく》を打ち据えたのだ。

神通力、と呼ばれている。

その顕現はさまざまで、妖魔にはこの超常能力を操るものが多い。

切断されたままの正雪の頭が、口を開いた。その手は無造作に、突き立った矢を引き抜いていく。眼窩《がんか》を抉った鏃には、潰れた眼球がへばりついている。

「裏切るのか、与一《よいち》」

「妖魔と手を組んだ覚えはない」

声は、美しく整えられた松の木から届いた。

その枝を殆《ほとん》ど揺らすことなく、与一が静かに降り立つ。

「詭弁《きべん》だな」

げらげらと、正雪は嗤《わら》う。「さすがは、機を見るに敏といったところかね」

これに与一は、弦の音で応える。

まるで、正雪の胸に矢が生えたかのように見えた。

速く正確な一矢は、正雪の右肺を貫通する。彼は被矢の衝撃で大きく後退し、そのまま仰向《あおむ》けに倒れた。

「褒めたつもりだったのだがね」

仰向けのまま、正雪は言った。「でなければ、十一人目の子どもが家督を継ぐなど不可能だ。それはおまえの才覚だよ、那須与一《なすのよいち》」

「妖魔になっても、よく回る舌は変わらないようだな」

次の矢を番《つが》えながら、与一は視線を正雪から征十郎へ移動させた。

「どうして、自分が射貫《いぬ》かれると考えなかった」

征十郎がやや強引に正雪へ攻撃を仕掛けたのは、与一の気配を感じたからだ。

つまり、自分が動けば彼が呼応して正雪を攻撃する、と判断したことになる。

しかしここまでの経緯を鑑みれば、彼が狙撃するのは征十郎のほうだろう。

彼はそれを、訝《いぶか》しがっていた。

「――どうして、と言われてもな」

征十郎は、砕けた石垣から身を起こし、口の中に溜《た》まった血の塊を吐き捨ててから応じた。「張孔堂《ちょうこうどう》のときから、おまえに殺気なんてなかったぞ」

これを聞いて小さく笑ったのは、正雪だ。

与一はただ、口もとの包帯が歪《ゆが》んだだけで言葉はない。

そこへふたたび、頭上から呪詛《じゅそ》の如き雄叫《おたけ》びが降ってきた。大気が激しく打ち震え、足下が大きく揺れる。城の外壁には亀裂が走り、剝がれ落ちた漆喰《しっくい》が落ちてきた。

すでに日は、最後の赤光を放ちながら消え去ろうとしている。

紫紺に染まる空には、暗雲が広がり始めていた。

そこから吹き下ろされる風は、この季節にしてはあまりに冷たい。

「時間がないな」

征十郎は、信綱に向けて城外を指さした。「家綱を連れて逃げろ。気休めでもいいから、距離を稼げ」

身も蓋もない指示だったが、大魔縁《だいまえん》と妖魔を前にしてカガリの言葉を疑うほど信綱は愚かではない。頷き、家綱を抱きかかえて身をひるがえす。

「もう遅い」

正雪が笑いながら、立ち上がる。

与一は素早く矢を放ち、それは彼の腹部を貫いた。蹈鞴《たたら》を踏み、しかしなんとか踏み止《とど》まった正雪は、その矢をやはり無造作に抜き捨てる。

「もうすぐだ、カガリ。空が割れるぞ」

「妖魔になってやることが大袈裟《おおげさ》になったな、正雪」

さらに矢を放とうとする与一を制し、征十郎は言った。「大魔縁の禍魂《まがたま》が目的かと思ったが、違うな？」

「あの異人たちの入れ知恵さ」

自分の頭を手に提げたまま、正雪は頭上の大魔縁を指し示した。

「いままでにもあったんだろう？　各地に残る神話が、それを証明してる」彼は黄金の瞳を爛々《らんらん》と輝かせる。

「空より来たる、稀人《まれびと》だ」

「まあ、否定はしないがね」

空を見上げて、征十郎は渋い顔をした。「その稀人が友好的か、あるいは話ができるのか、わかったもんじゃないぞ」

「そこをどうにかするのが、我々の腕の見せ所でして」

新たな声が、自己主張の強い語気で割って入ってきた。

背後の、半蔵門の方角からだ。

特に、驚きはしない。

彼らが近づいてくる騒々しい音は、随分前から聞こえていた。

征十郎は、振り返る。

アーチボルド・ホープは、穏やかな笑みを浮かべて一礼した。


（※9）……木と練り土で作られた塀で、堀の上に屋根がついているもの。

拾弐

「こんなところに来ちゃ危ないぞ」

征十郎が忠告すると、アーチボルドは「ご安心を」と、周囲を一瞥《いちべつ》した。

彼の傍らには〝竜《ドラコ》〟と呼ばれ恐れられる海賊フランシス・ドレークが控え、そして背後には、百人以上の武装した男女が隊列を組んでいる。

もはや護衛という水準《レベル》ではない。軍隊だ。そしていずれも、フィーアと似た武装をしている。

「準備万端、怠《おこた》りなしですよ」

彼は、上着《ジュストコール》を広げてみせる。首には大きな宝石のついた首飾り《ネックレス》が、革帯《ベルト》には砂や液体、なにかの干物らしきものが入った小瓶などが提げられていた。おそらくは、聖職者による祈禱《きとう》を受けたものや、付喪神《つくもがみ》に相当する道具なのだろう。

征十郎は、笑顔で頷《うなず》いた。

「一緒にあのでかぶつを倒そうってことか。そりゃあ、ありがたい」

「ご冗談を」

アーチボルドは、苦笑いする。

「稀人が現れるまでは、手出し無用で願います」

「そいつは無理だ」

笑顔は崩さないまま、征十郎は一蹴する。「おまえらこそ、邪魔をするなよ。大魔縁の相手をするんで余裕がないんだ。優しくしてやれないぞ」

すると、アーチボルドの態度が一変した。

穏やかな表情の裏から、狡猾《こうかつ》で冷徹な顔がにじみ出てくる。

「まったく――」

アーチボルドは、忌々しげに溜息《ためいき》をついた。「これだから、極東の蛮族は度し難い」

侮蔑の言葉を吐き捨て、片手を挙げた。

背後の隊列が左右に分かれ、何者かが連れてこられる。

信綱《のぶつな》と家綱《いえつな》だ。

「蛮族にも、人質は有効かな？」

「すまない、征十郎」

アーチボルドの声に被《かぶ》せるようにして、信綱の苦渋に満ちた言葉がこぼれ落ちる。

「なに、気にするな」

捕らえられたふたりを見ても、征十郎は顔色ひとつ変えなかった。「さっきも言ったんだがな、俺の仕事は大魔縁を狩ることだ。殿さまを守るのは専門外なんだよ」

そう言うと、あとは知らないとばかりに背を向けた。

これにはアーチボルドだけでなく、信綱と家綱も唖然《あぜん》とした表情になる。

ただひとり、正雪《しょうせつ》だけが、楽しげに喉を鳴らしていた。

「待て、待て！」

この場を立ち去ろうとする征十郎の背中へ、アーチボルドの、むしろ憤慨した様子の怒声がぶつかる。「なんのつもりだ？　このふたりを殺すぞ？」

「好きにすればいい」

征十郎は取り合わない。アーチボルドは侮辱されたと思ったのか、顔を赤くして肩を震わせた。その指先は、正雪に向けられる。切断された自分の頭を手にした姿を見ても驚かないのは、彼が人間でないことを承知しているからだろう。

「おい、貴様、ぼさっとしてないでそいつを止めろ！」

「利害は一致するな」

正雪の首が、かすかに揺れた。頷いたのかもしれない。ゆったりとした足取りで、征十郎の前に立ちはだかる。

彼は、横に手を伸ばした。

与一の狙撃で捥《も》ぎ取られた村正が、その掌《てのひら》の中に吸い込まれる。その柄《つか》をしっかり握り込んだ正雪は、軽く振ってから切っ先を征十郎《せいじゅうろう》へ突きつけた。

「わたしとしても、大魔縁を狩られるのは困る」

「まあ、そうなるか」

征十郎はそう言いながらも、打刀を鞘《さや》に納めた。片方の眉を持ち上げて意図を問う正雪の生首に、征十郎は、放り投げていた大太刀を指さした。

「拾ってもいいか」

正雪は、軽く両手を開いた。

その傍らを通り過ぎ、大太刀と鞘を拾い上げる。

そして自然な動きで大太刀も鞘に納めると、腰帯の巾着に手を突っ込んだ。取り出したのは、炮烙玉《ほうらくだま》に似た球形の物体だ。導火線はない。彼はそれを、自分と正雪の中間地点へ叩《たた》きつけた。

その衝撃で噴出したのは、白煙だ。

征十郎の姿は、瞬く間に白い煙に呑《の》み込まれていく。

「逃げるのか」

正雪はしかし、憤るのではなく笑っていた。煙幕に包まれていく巨軀《きょく》に、慌てて襲いかかるような素振りもない。

「付き合ってられんよ」

征十郎は、肩を竦《すく》める。

そこへ、怒号が飛んできた。

「調子に乗るなよ、蛮族風情が！　そこで黙って立ってれば見逃してやると言ってるんだ、素直に従え！　貴様も、笑ってないでなんとかしろ！」

傲慢で不遜な罵倒に、正雪は特に反応は返さず、征十郎は白煙の中で踵《きびす》を返した。

「蛮族だからな、文明人の言ってることはよくわからんよ」

そして指先だけで、アーチボルドの後方を指した。

「ほら、気をつけろ。中でもとびきりの蛮族がやってくるぞ」

その言葉に重なるようにして、金属が断ち斬られる音が響く。

振り返ったアーチボルドの目に映ったのは、胴で切断された機巧人形《からくり》の上半身が宙を舞う光景だった。

続けて二体の機巧人形が、頸部《けいぶ》を切断されて横倒しになる。

何者かが、後方から襲いかかっていた。

「そいつを――」

さらに別の一体が、頭部を縦に断ち割られて頽《くずお》れる。

「殺せ！」

その言葉とほぼ同時に、さらに二体の機巧人形が袈裟《けさ》斬りにされて地面に叩きつけられていた。

主人の命令に従い戦闘態勢に入った機巧人形たちだったが、彼の前進を止められない。

立ちはだかる人形たちを薙《な》ぎ倒しながら、一直線に信綱と家綱のもとへと馳《は》せ参じた。

そして、機巧人形に拘束されている家綱に深々と頭を下げる。

「柳生十兵衛三厳《やぎゅうじゅうべえみつよし》、後ればせながらただいま参上しました」

そして顔を上げたときには、握っていた刀は振り切られていた。

家綱の足下に、機巧人形の頭部がごとりと落ちる。

自由になった家綱は、十兵衛の打裂羽織《ぶっさきばおり》の裾を摑《つか》んだ。

「十兵衛、友矩《とものり》は――」

「ご安心ください」

そこまで言ったところで、すぐそばの機巧人形が素早く短剣を撃ち込んできた。

右斜め後方、死角だ。

視認する必要などない。

十兵衛は、肘を撃ち込んだ。硬い肘だ。機巧人形の整った顔は、鼻面にそれを受け、内側へと陥没する。眼球が割れた眼窩《がんか》から飛び出し、折れた歯が血に交じって四散した。

中距離から、銃を構えるものがいる。

十兵衛は間合いを詰めない。足下の家綱を庇《かば》うためだ。

その身体《からだ》めがけて、自動拳銃《オートマチック》の弾丸が撃ち込まれる。

十兵衛は、倒れた機巧人形の身体を蹴り上げた。飛来した弾丸は、次々に人形の肉体に突き刺さる。

その背中には、鞘ごと固定された短剣が一振り残っていた。ふたたび人形が落下する前にそれを抜き取り、投擲《とうてき》する。

銃撃していた機巧人形は、これに反応できない。額に鍔元《つばもと》まで刃が突き刺さり、弾倉が空になった拳銃の引き金を引きながら仰向《あおむ》けに沈んでいった。

「老中を――」

アーチボルドが、叫んだ。

機巧人形が拘束したままの信綱を、人質にしようと思ったのだろう。助けに来たのだから、征十郎とは違い、交渉できると踏んだのだ。

だが、アーチボルドは言い終えることができなかった。

「御免」

そう言った十兵衛が家綱を抱きかかえると、瞬きの一瞬で信綱のもとへ到達する。到達したときにはすでに、機巧人形はその機能を停止していた。頬骨の位置で頭部を切断され、膝から崩れ落ちる。

だが、十兵衛は完全に囲まれていた。

相手がどれだけ驚嘆すべき能力の持ち主であろうとも、最後にものをいうのは数だと、アーチボルドは確信している。

「我々は、あなたがたを傷つけたいわけではない」

だから、先ほど殺せと言った舌の根も乾かぬうちに、そんなことを言い出した。「ただ、なにもしてもらいたくないだけなんです。そこのところをご理解いただきたい」

「征十郎、行け」

十兵衛は、異国の商人を見ようともしなかった。

征十郎は、言われなくとも、といった様子だったが一応、訊《き》いてみる。

「ひとりで大丈夫か」

「自分より弱いやつに助力を乞う馬鹿がどこにいる」

返ってきたのは、辛辣な言葉だった。「さっさと行け」

「本当に可愛《かわい》げのないやつだな」

溜息をついた征十郎は、そのまま白煙に紛れて駆け出した。

アーチボルドは、どちらに何人割くかの判断に逡巡《しゅんじゅん》する。結局は半数ほどを征十郎の追跡に充《あ》てたが、些《いささ》か遅い。

征十郎の傍らには、与一《よいち》が居る。

彼は疾走しながら、次々に矢を放つ。

走りながら上半身を捻《ひね》る、不安定な体勢だ。

おまけに煙幕のせいで、視界不良でもある。

だが、その矢は外れない。

追跡してくる機巧人形の眼球、眉間、心臓部分へと正確無比な一矢が突き刺さる。まさしく糸の切れた操り人形のように、ばたばたと倒れていった。

煙の向こう側からは、アーチボルドの苛立《いらだ》たしげな罵声が聞こえてくる。どうやら、フランシスへ八つ当たり気味に怒鳴り散らしているようだ。

それに応える、面倒くさそうなフランシスの声は、石垣の角を曲がるとまったく聞こえなくなった。

そこで征十郎は、さらに二発、三発と煙幕を張る。

機巧人形は、追跡者として特段に優れているわけではない。人間と同じく、視力と聴力によって対象を捉えている。そのうちの視界を遮ってしまえば、振り切るのはそう難しいことではなかった。

それでも追い縋《すが》る数体を、与一の矢が確実に仕留めていく。

機巧人形の足音がまったく聞こえなくなったころ、与一が改めて頭上の大魔縁を見上げて呟《つぶや》いた。

「これだけのでかぶつだ、禍魂《まがたま》も相当なんだろうな」

「――欲しいのか」

与一は、征十郎を睨《にら》みつけた。

「欲しくない理由があると思うか」

「譲ってもいいぞ」

即答する征十郎に、与一は喜ぶよりも先に胡乱《うろん》げな目つきになった。その疑《うたぐ》り深い表情に、征十郎は思わず噴き出す。

「俺はよほど信用されてないみたいだな」

「俺は誰も信用してない」

慰めにもならないことを言って、与一は双眸《そうぼう》を細めた。「要求はなんだ」

「万が一、稀人《まれびと》が現れたら――」

征十郎は、しかつめらしい顔で言った。「殲滅《せんめつ》するつもりでやってくれ」

与一の目元が、痙攣《けいれん》するかのように震える。

「あの異人を信じるわけじゃないが」彼はもう一度、頭上を見上げたが、その視線は大魔《だいま》縁《えん》を越えて空に向かう。「その稀人ってのは、本当に敵なのか」

「相手さんの意図は関係ない」

征十郎は断じる。

「存在そのものが、この世界を歪《ゆが》めるんだ。来られちゃ困る」

「招かれざる客、ねえ」

与一は納得した様子ではなかったが、どうでもいいとばかりに肩を竦めた。

そして、これまで使っていた弓を背中にかけ直し、帯に括《くく》りつけていた長細い革袋に手を伸ばす。

取り出したのは、一本の枝――宿り木《ミストルティン》の枝だ。

とても、武器の類いには見えない。

それを彼は、弓のように構えた。

枝なので、もちろん弦もない。

矢もない。

しかし彼は、それがあるかのように引いてみせた。

音がする。弓の撓《しな》りと、引き絞られる弦の軋《きし》みだ。

与一は、狙いを頭上に定める。

「顔を狙え」

征十郎の指示には、頷《うなず》きもしない。

指が、不可視の弦から離れた。

刹那、存在しないはずの矢が視覚に飛び込んでくる。光の矢だ。白く輝く一矢が、天高く上っていく。

そして、大魔縁の頭上に到達するや否や、分裂した。

無数の光の矢が、大魔縁へ降りそそぐ。

分裂したといっても、ひとつひとつの質量が減ったわけではない。百本以上の光の矢が、大魔縁の全身に突き刺さった。

そのいずれもが、大魔縁の表面に浮かび上がった顔の、額を撃ち抜いている。

「お見事」

賞賛の声は、大地を揺るがすような咆哮《ほうこう》に掻《か》き消された。

大魔縁が身を捩《よじ》り、苦悶《くもん》している。矢が刺さった場所からは白煙が立ち上り、黒い液体――祟《たた》りを滴《したた》らせていた。

長く続く悲嘆の叫び声に、征十郎《せいじゅうろう》と与一もたまらず膝を突く。その鼻孔、眼窩、耳朶《じだ》からは、毛細血管が破裂して血が流れ出ていた。

「なんて声だよ」

与一が忌々しげに呻《うめ》く。「無防備な人間は、いまので死んじまうぞ」

「さっさと片をつけよう」

征十郎はそう言うや否や、走り出した。崩壊寸前の石垣を駆け上がり、城を覆い尽くす大魔縁の身体の上へと飛び移る。大魔縁は征十郎を認識してはいないが、人間でいえば激痛にのたうち回っている状態なので、自然と振り払う形になっていた。吹き飛ばされないために、征十郎は四肢を使ってしがみつき、しかし意外なほどの速度で登っていく。

与一は、さらに光の矢を放った。

そのすべてが、未《いま》だ叫び続ける大魔縁の表皮の顔に突き刺さる。よりいっそう、大魔縁の絶叫は酷《ひど》くなり、その全身が打ち震えた。

征十郎は危うく落ちそうになる。

「さっさと片をつけろよ！」

与一はそう怒鳴りながら、さらに光の矢を放った。

征十郎は慌てた様子でさらに加速したが、周囲に着弾した光の矢で大魔縁が身悶《みもだ》え、振り落とされそうになって悲鳴を上げる。

与一は、喉を鳴らして密《ひそ》やかに笑う。

援護射撃なのかそうでないのかわからないまま、征十郎は、なにかを罵りながらも大魔縁の頭頂付近へとよじ登った。

ひときわ大きな顔にも光の矢が突き立ち、苦しげに呻き声を漏らしている。

「お初にお目にかかる」

征十郎は、春日局《かすがのつぼね》の顔に会釈する。「ゆっくり話でもしたいところだが、そうもいかない事情があってね」

下緒《さげお》を解《ほど》いて大太刀を握ると、鞘《さや》の鐺《こじり》を春日局の大きく開いた口に突っ込んだ。人間のように気管や食道があるわけではないが、鞘を半分以上、突き入れたところに強い抵抗がある。

そこで征十郎は両手で柄《つか》を握り、引き抜いた。

鞘を春日局の口に残して、赤光を放つ刀身が露《あら》わになる。

引き抜いたその動きのまま切っ先は弧を描き、春日局の顔面を斜めに断ち割った。

怒号が、迸る。

大量の祟りが、傷口から噴出した。普通の人間なら即死するほどの量を全身に浴びながらも、征十郎は大魔縁の身体を奥へ奥へと斬り込んでいく。

凄《すさ》まじい絶叫に、征十郎は歯を食いしばった。その歯の隙間から、血が滴り落ちる。大魔縁の体内で、征十郎はよろめいた。

「――無茶にもほどがあるでしょ」

後ろからの声に、征十郎は血に濡《ぬ》れた口の端を吊《つ》り上げた。

「半分ぐらいは、与一のせいだぞ」

「だと思ったから、さっき後頭部、蹴飛ばしてきた」

征十郎は笑い、そして咳《せ》き込んだ。空中で逆さまに浮かんでいる小夜《さよ》が、眉根を寄せる。

「ほら刀、貸しなさいよ」

言われるままに、征十郎は打刀を引き抜き、小夜に差し出した。

彼女はその刃で掌《てのひら》に傷をつけ、自らの血を刀身に塗布する。

その一滴《ひとしずく》が、大魔縁の体内にこぼれた。

途端、征十郎の視界が上下左右に激しく揺れる。立っていることができず、辛うじて突き立てた大太刀にしがみついて堪《こら》えた。

だがそれも一瞬――空中に放り出されたような浮遊感に、身体《からだ》の均衡を保つことができない。

鼓膜を殴りつけるような轟音《ごうおん》は、大魔縁の身体の下から聞こえてきた。

押し潰されている。

穢土《えど》城が、崩壊していた。

小夜の体内を流れる禍津神《まがつかみ》の血に大魔縁が拒絶反応を起こし、これまで以上に大きくのたうち回った結果、しがみついていた城のほうが耐えきれなくなったのだ。

「わあ、ごめん」

小夜の声が、頭上に遠ざかっていく。大魔縁は支えを失い、その軟体動物のような身体を直立させることができなくなった。

崩落のけたたましい騒音の中、征十郎は大太刀に摑《つか》まったまま落ちていく。

ひときわ大きく轟《とどろ》いたのは、大魔縁の巨軀《きょく》が大地に激突した音だ。

大質量の接地が生み出した爆風は、城の周囲にあったありとあらゆる建造物を薙《な》ぎ倒す。

その風に乗った城の瓦礫《がれき》や破片は、さながら砲弾の如《ごと》く形あるものを打ち据え、爆砕した。

それは穢土城の敷地を完全に更地にする勢いで削り取り、そのまま城下町へと到達する。

幸い、殆《ほとん》どの人間は避難していた。その空になった家屋を、軒並み吹き飛ばす。

燃えさかる長屋も、町屋も、粉々になって四散した。

地響きのような轟きと大気の鳴動は、穢土という生物の断末魔の苦鳴のように響き渡る。

その爆心地で征十郎が人の形を保っていられたのは、大魔縁の身体の中にいたからだ。

殆どの衝撃は、物理に対して強い耐性と吸収能力を兼ね備えたその肉体が防いでくれた。

完全にひっくり返った状態からどうにか体勢を整え、大魔縁の体内から這《は》い出ていく。

その視界は、大量の粉塵《ふんじん》で塞がれていた。状況を確認することすらできない。

呼びかけてみようと口を開きはしたが、思い直し、ふたたび大太刀を手に大魔縁の体内に斬り込んでいこうとする。

その視界の隅で、粉塵の中に人影が映った。

小夜、と声をかけることはしない。

気配がまるで違った。

粉塵を突き破ってきたのは、切っ先だ。

速い。

征十郎は、その軌道から辛うじて頭部を逸《そ》らす。しかし刃は、こめかみを抉《えぐ》り取って抜けていった。血が飛沫《しぶ》き、姿勢が崩れる。

「随分と派手にやったな」

正雪《しょうせつ》は、追撃せずに距離を取った。

大魔縁の体内には踏み込みたくないらしい。

「そう思うなら、俺の代わりに、小夜の後頭部を蹴っ飛ばしてきてくれ」

「首がもげてもいいなら、そうしてやろう」

正雪は笑う。

征十郎は、自分の頭を掌で軽く叩《たた》いた。

「気になってたんだが、おまえの頭、くっつかないのか」

指摘され、妖魔と成り果てた正雪は奇妙な顔で考え込んだ。「ふむ」彼は足下に妖刀を突き刺すと、おもむろに切断された頭部を首の切断面に載せる。

すると、切断された箇所の肉が盛り上がり、皮下でなにかが蠢《うごめ》いた。

「おお」

正雪は、感嘆の声を漏らす。

首を前後左右に曲げて、首が繋《つな》がったことを確認するとけたけたと笑い始めた。

「これはいい。どうも手に持ったままでは据わりが悪——」

そこで、彼の言葉は止まる。

口が縦に割れたからだ。

割れたのは口だけではない。

頭頂部から縦に侵入した肉厚の刃は、そのまま正雪の頭を断ち割り、胸部にまで斬り込んだ。骨も内臓も一緒くたに両断し、腹部で止まる。後ろに引かれていく刃に、半ばまで切断された腸の一部が絡みついていた。

正雪の身体が、左右に割れる。

血煙が咲いた。

「うしろからいきなりとは、欧羅巴《ヨーロッパ》人は相も変わらず品性が下劣だな」

だが、死なない。

縦に割れた状態から足下に突き立てていた妖刀を握り、背後へと横薙ぎにする。慌てて飛び退《の》いたのは、フランシス——その手にあるのは舶刀《カットラス》ではなく、両手持ち《ツヴァイハンダー》の剣だ。

「せっかく好機をやったんだ、仕留めろよ」

征十郎は、正雪の背後に忍び寄るフランシスに気づいていた。だから、正雪に話しかけて気を引いていたのだ。

「いやいや、普通は死ぬだろう」

フランシスは、五尺六寸《百七十センチ》はあろうかという大剣を片手で軽々と振り回し、千切れかけの正雪へと斬りかかる。身体がその状態では力の入れようもないだろう、と思える正雪だったが、唸《うな》りをあげて襲い来る重い一打を難なく捌《さば》いていた。

それどころか、胴体の断面から筋繊維のようなものが生え出し、絡み合い、左右に分かたれた身体をふたたびひとつにしようとしている。

だが、征十郎はそれを見ていない。

暗雲立ちこめる空を見上げ、頬を歪《ゆが》めていた。

「ドレーク、あんたの狙いは大魔縁《だいまえん》の禍魂《まがたま》か」

「おうよ」

隠す素振りもない。

アーチボルドとの契約を破棄した、ということだろう。

素直な返事に、征十郎は疑おうともせずに頷《うなず》いた。

「なら、しばらくそいつの相手をしててくれ」

これを聞いた正雪が、そうはさせじと身をひるがえす。その身体は、すでに半分ほどが
――腹部から胸部にかけてがひとつになり、切断面も消えようとしていた。

「好きにはさせんぞ、カガリ」

割れた口から、ひび割れた笑い声を放つ。「ここで一緒に、稀人《まれびと》を迎えよう」

だがその足下を、鋼の塊が薙ぎ払う。

足首が切断され、彼の身体は弾みで横倒しになった。

そこを、突き下ろした大剣の切っ先が襲う。ようやくひとつになった胴体部分へ背中から突き入れ、腹部から飛び出た切っ先はそのまま地面にもぐり込んだ。

「禍魂は譲る、ってことか」

「ああ」

征十郎《せいじゅうろう》は右手に大太刀を持ち、左手で大魔縁の口内に突き立てたままだった鞘を握る。

「与一《よいち》とふたりで仲良く分けてくれ」

「誰だって?」

その疑念には、応えない。

すでに、走り出している。

フランシスがなにやら喚《わめ》いていたが、それはすぐに、地響きの中に呑《の》み込まれた。大魔縁が、恨めしげな呻《うめ》き声《ごえ》を上げながら身動《みじろ》ぎしたのだ。

「小夜!」

叫ぶ。まだ粉塵は、視界を閉ざしていた。見えるのは、ほんのわずかに切れ目のある頭上だけだ。

黒い雲に、亀裂が走っているように見える。

単純に考えれば、雲の切れ間だ。

だが、違う。

大魔縁の存在が引き起こした、この世界そのものを引き裂く亀裂だ。

「ここよー」

抱きかかえるようにして打刀を持った小夜が、粉塵の中から少し咳き込みつつ現れる。

「見たか」

「うん」

小夜も、ちらりと空の亀裂を仰ぎ見る。「遅かったみたいね」

「今回のはでかすぎた。まったく、やってくれたよ」

亀裂は、次第に広がっている。

亀裂の向こう側がどこへ、どのようにして繋がっているかはわからない。

ただ、やってくるのだ。

招かれざる稀人が。

「先手必勝でやるしかない」

大太刀を鞘《さや》に納めると、鐺《こじり》を地面に突き刺した。その柄を両手で握り、わずかに俯《うつむ》いた状態で目を閉じる。

「フィーアはどこにいる？」

「ここにくるまでは、見かけなかった」

「そうか」

本当にまた、禍津神の身体の中から助け出すことになるのだろうか。

口もとに浮かんだ微苦笑は、すぐに消える。

「じゃあ、頼む、小夜《さよ》」

「了解」

小夜は、仁王立ちする征十郎の背後に回ると、大きな背中にそっと寄り添った。

その輪郭が突然、ぼやける。まるで、彼女の身体だけを靄《もや》が包んだかのように存在が曖昧になり、視認できなくなった。

その姿が、不明瞭になる。

そして、崩れていく。

溶けていく。

瞬く間に小夜の肉体は黒い液体となり、そのまま征十郎の背中から頭部へとへばりついた。

まるで、征十郎の髪が長く伸びたようにも見える。

彼は目を瞑《つぶ》り、意識を集中していた。眉間の皺《しわ》は深くなり、額には薄《うっす》らと汗が滲《にじ》み始める。

ほどなく、変化が現れた。

征十郎の顔を斜めに走る大きな傷が、赤く変色し始める。それは、血ではない。しかし、傷口からひび割れのように赤は広がり、彼の顔から首筋へと伸びていく。
それは痛みを伴うのか、征十郎は苦悶《くもん》の表情を浮かべていた。
「出てきたわよ」
黒い液体となった小夜が、囁《ささや》く。
征十郎は、双眸《そうぼう》を見開いた。
天を、仰ぐ。
黒雲を割って、それは姿を見せた。

拾参

巨大な、船だった。

稀人は、宙船《そらふね》にて来たる。

しかし、穢土《えど》の港に浮かんでいるものとは形状が著しく違う。奇妙な形だ。平たい円錐《えんすい》形《けい》で、その表面は金属でも木材でもない。

生物の内臓、が一番近いだろうか。

宙船そのものが生物であるかの如《ごと》く、表面の内臓らしき器官は蠢き、脈動していた。

「なんか、こう、生理的に嫌なのが来たわね」

小夜の声は、不快さを露《あら》わにしていた。

「では早々に、お帰り願おうか」

征十郎は、食いしばった歯の間からかすかに笑みを漏らした。

皮膚の上を走る赤は、首筋から胴に移り、肩、腕と伝って遂《つい》には手首から指先へと到達する。

征十郎の全身が、赤光を放っていた。

その光が、大太刀をも包み始める。鞘を覆う黒い布が、赤い光に触れて燃え上がった。否、そう見えただけで、実際には火はついていない。

だが、黒い布はいまや炎の如く大太刀を包み込んでいた。

征十郎の腕にも炎のように立ち上る赤光が這《は》い上ってくるが、熱を感じた様子はない。そのまま、大太刀を鞘ごと持ち上げた。

変形している。

鞘は黒い布ごと炎と化して刀身を包み、その刀身も太刀ではなく諸刃《もろは》の直剣だ。

征十郎の双眸は、内側から放たれる光によって炯々《けいけい》と深紅の輝きを放っている。その赤い視線が、頭上に浮かぶ宙船を映した。

その数、五隻。

いずれも大まかな形状は似たり寄ったりだが、少しずつ微妙に差異があり、それが否《いや》が応でも生々しさを感じさせた。

征十郎が大剣を手に一歩、前進したと同時に、宙船がなにかを吐き出し始める。臓器めいた外壁の、船体の端に垂れ下がるようにして揺れていた腸に似た器官、その端から次々に紡錘《ぼうすい》型の物体が射出されていた。

それは自然落下したあと、推進力と浮力を得て自在に空中を進み始める。どうやって飛んでいるのかその原理は不明だが、明らかにこれも船だ。

宙船一隻につき凡《およ》そ五十艘、五隻で二百五十以上の小型船が穢土上空に放たれた。

「こっちにも来た」

小夜の言うとおり、十艘ほどの小型船——一見して兵装が確認できず、戦闘機か攻撃機か判別できない——が、編隊を組んで向かってくる。

「引きつけて、墜《お》とす」

征十郎はゆっくりとした足取りで、小型船に向かう。

あちらも、征十郎を認識したようだ。

ほぼ更地に近い穢土城周辺をぐるりと回ったあと、粉塵《ふんじん》漂う地上に佇《たたず》む征十郎めがけて一艘が接近してくる。

紡錘型の機体に翼はなく、窓や扉らしきものもない。無人機、だろうか。表面は宙船——母船と同じく有機的な質感だ。

急降下する機体の先端、その左右の一部が、糸を引きつつ開く。

中から、機銃に似た器官が現れた。

形状から鑑みれば、銃撃するための武装だろう。それは筋繊維のようなもので操縦され、機体の動きに合わせて照準を変える。狙っているのは、征十郎だ。

彼は腰を落とし、剣先を後ろに引いて身構える。相手の攻撃を躱《かわ》すつもりはないらしい。

小型船に搭乗員《パイロット》がいたとしたら、この征十郎の行動をどう見ただろうか。

それを確認する機会は、ない。

いままさに征十郎を上空から銃撃しようとした船体が、横手に跳ね上がった。

さらに、二度、三度と機体が大きく揺れる。落ちてくるのは、肉を穿《うが》ち、押し潰す音だ。

機体の横っ腹に、光の矢が突き刺さっている。

その打撃力が小型船の航行を阻害し、征十郎への攻撃を遅らせた。遅らせただけではない。さらに数本の矢が機体に突き立つと、小型船は浮力と制御を失ったようにふらふらと墜ちていく。

粉塵の中に消えていく小型船は、それこそ生物が落下したような、重々しくも鈍く濡《ぬ》れた音をたてた。

「随分と珍奇な稀人《まれびと》だな」

小型船を撃ち墜とした与一が、宿り木《ミストルティン》の枝を手に歩み寄ってくる。

その傍らを、征十郎が駆け抜けていった。

どこへ行く、とは訊《き》かない。

その征十郎を追って、頭上を九艘の小型船が飛んでくるからだ。

与一は素早く身をひるがえしながら、宿り木の枝を構える。

小型船の、機体の先端部分が四つに割れて捲《めく》れ返った。

そこから、茸《きのこ》に似た長細い器官が飛び出し、その先端の割れ目からなにかを勢いよく吐き出し始める。

雨のように白濁した液をばらまかれ、征十郎《せいじゅうろう》と与一《よいち》は思わず足を止めた。

ふたりの行動範囲を制限するのが目的なのか、異臭のする液体はふたりを中心にした周辺へと降りそそぐ。

そして次の瞬間、爆発的に炎が広がった。それが発する熱に押されて、与一は後退《あとずさ》る。

周りに燃えるものなど殆《ほとん》ど残っていないが、その液体は凄《すさ》まじい勢いで燃えさかった。

黒煙が、押し寄せる。

これでは、焼け死ぬよりも先に煙にまかれて窒息死してしまう。

「伏せろ」

だから、というわけではないが、征十郎の鋭い指示に与一は素早く従った。

頭上を、猛烈な疾風が駆け抜けていく。

地面を摑《つか》む彼の指を引き剝がし、為《な》す術《すべ》もなく吹き飛ばされた。

その視界の中で、周囲の炎が掻《か》き消されていく。

征十郎が、剣でひと薙《な》ぎしたのだ。

斬撃が生み出した烈風は真空を生み、それが炎の燃焼に必要な酸素を奪い取っていた。

起き上がろうとした与一は、またしても突き飛ばされたかのように転倒する。剣が生み出した真空に、今度は周囲の空気が流れ込んできたからだ。凄まじい勢いの風に、彼の小柄な身体《からだ》は木の葉のように翻弄された。

「鈍《どん》くさいやつだな」

征十郎が、笑う。与一は口の中に入った砂を吐き捨てながら、忌々しげに呻《うめ》いた。

だが、文句を言っている暇はない。

頭上の小型船たちは、最初の一艘と同様に、機体左右から機銃らしき器官を露出させた。

そして、こちらへ滑るように接近しながら撃ち込んでくる。

吐き出された弾丸は足下の地面に激突し、土埃《つちぼこり》を弾《はじ》けさせた。連続する着弾に、噴き上がる土塊《つちくれ》が壁のようになって迫ってくる。

与一は身を投げ出すようにして横に飛び退《の》き、肩から地面に激突する寸前、宿り木の枝から光る矢を放った。

高速で頭上をすれ違っていく小型船の、下腹に命中する。

機体が跳ね、わずかに均衡を崩して左右に揺れるが飛行能力は失われない。

直後――その機体が、真っ二つに切断された。

両断された機体は浮上することなく大地に叩《たた》きつけられ、転がり、大量の臓器と黒ずんだ血のような液体を辺りに撒《ま》き散らす。その断面は高熱に晒《さら》されたのか白煙をあげ、形を失い溶解していた。

征十郎だ。

だが、接近してきたとはいえ、剣が届く位置ではなかった。

与一は、眉根を寄せる。

振り下ろした状態で征十郎が握っている剣は、彼の身体から発せられる赤光に染まり、その光が長く長く伸びていた。

小型船を斬り裂いたのは剣身ではなく、あの光だ。

その赤い光は、目の中に残像を残して消失する。

「どう？」

小夜《さよ》が訊くと、「大丈夫だ」征十郎が頷《うなず》く。与一が怪訝《けげん》な顔をしたのは、この場にいない小夜の声が聞こえたからだが、すぐにどうでもいいと判断した。

膝立ちの状態まで起き上がり、そのまま宿り木の枝を構える。

今度はすぐには放たない。

力を溜《た》めるかのように不可視の弦を引き絞ったまま、双眸を細め、旋回行動に移った編隊をすべて視線で捉える。

「仕留めろよ」

与一は、独り言のように言った。

「おう」

征十郎はただ、力強く頷いた。

与一はその言葉を聞くや否や、矢を放つ。

これまでに比べても、巨大な光の矢だ。

しかし、初速が遅い。

小型船は、放たれた矢の軌道を予測し、回避行動に移る。

光の矢は、小型船たちの間を縫うように直進し、そして彼らの頭上で分裂した。

数百にまで分かたれた矢は、加速し、それぞれが意思を持つかの如く小型船を追尾する。

彼らはこれを振り切ろうと速度を上げたが、光の矢もさらに加速した。

次々に、小型船へと光の矢が喰《く》らいつく。

数十本近くの矢を撃ち込まれた機体は激しく揺れ、速度が大幅に落ちた。

征十郎が、疾走する。身体を押し出す爪先が、地面を大きく抉《えぐ》り取るほどに力強い。猛然と突き進む巨軀《きょく》は、もっとも低い位置にある小型船めがけて、跳躍した。

高い。

三丈《九メートル》以上も飛び上がり、傾きながら飛んでいた一艘の上に着地する。

その小型船が、振り落とそうと動くよりも先に、剣をまっすぐ突き入れた。赤く伸びる部分の長さは伸縮自在で、いまは倍ほどの長さで機体を貫通すると、そこから一気に撥《は》ね上げる。

切断部分が、白煙と濁った赤い血を噴出した。

征十郎の足が、墜落しようとしている機体を思い切り蹴りつけた。蹴られた箇所が陥没し、食《は》み出した内臓をぶら下げて墜落していく機体とは逆に、征十郎は次の機体へと跳躍している。

そこへ横合いから、ふらつきながらも一艘の小型船が突っ込んできた。

跳躍途中の征十郎は、これを躱すことができない。

広がったのは、黒だ。

征十郎の頭部と背中にへばりついていた小夜が変形し、五指を備えた巨大な手を作り出した。それは突っ込んできた小型船の先端部分を鷲摑《わしづか》みにし、五指を深く食い込ませる。機体からは白煙が噴出し、その指に触れることを嫌がるかのように激しく震えた。

「えいやっ」

小夜は、捕まえた小型船を思い切り投擲《とうてき》する。驚嘆すべき膂力《りょりょく》で放り投げられた小型船は、別の一艘に激突し、鈍い音とともに拉《ひしゃ》げて潰れた。

征十郎は、その投擲の勢いでさらに高く舞い上がっている。

だが、足場のない空中で、二艘の小型船に挟まれていた。両機ともに、先の黒い手を警戒して近づいてこない。

最初に小型船を両断したとき、そのときの剣が、最長射程だと彼らは判断して距離を取っていた。

機銃で、狙いを定める。

征十郎はただ、剣を振るった。

赤い光が、円を描く。

彼らの予測を遥《はる》かに超えて伸びた斬撃は、征十郎を挟み込んでいた二艘を上下に分断した。機銃は数発、撃ち込んできたものの、狙いはあさっての方向だ。切り離された下部分は粘り気のある糸を引きながら墜ちていき、それを追うように臓器が大量に落下する。

征十郎の視線はこのとき、町のほうへ向けられた。

視界の隅に、赤い輝きが飛び込んできたからだ。

赤い炎が、膨れ上がっている。その周囲を塵《ちり》のように舞っているのは、破壊された家屋の破片だろう。

火球はひとつ、ふたつと増えていく。距離はあるが、その衝撃が空気を伝わり、爆発音とともに征十郎たちの全身を打つ。

地面に向かって落下しながら、それが母船からの砲撃であることを確認した。

船体上部の左右に並んだ肉の裂け目が、内側に沈んだあと勢いよく元に戻りながらなにかを吐き出している。

卵のようなものだ。

それは弧を描きながら、次々に穢土《えど》の町へと落ちていく。

なぜか、声が聞こえた気がした。

赤ん坊の泣き声だ。

そして、激しい爆発が連続した。爆風に乗った炎が四散し、瞬く間に火の手が広がっていく。

着地した征十郎は、頭上を飛んでいく数個の卵を目で追った。

それは、未《いま》だ蠢《うごめ》き続ける大魔縁《だいまえん》のどろりとした身体に激突する。すぐには、爆発しない。

ただ、卵が割れる。

中から現れたのは、胎児だ。

巨大な頭部は人間のそれに似ているが、その下は萎《しな》びた魚のようで手足はない。卵の内側から透明な膜に包まれて飛び出した胎児たちは、口を開いた。

征十郎が聞いたのは、この声だ。

生まれ落ちた赤子の、産声だ。

しかしその声は、自らの体内で生じた爆発に呑《の》み込まれていく。内側から吹き出す炎と爆風で、胎児に似たその身体は弾け飛び、燃え尽きた。

大魔縁の肉体も、連続する爆発の衝撃で大きく抉り取られ、弾き飛ばされる。もんどり打つ巨軀のせいで足下が大きく揺れ、砂埃《すなぼこり》を吐き出しながら亀裂が走った。

押し寄せる爆風に、征十郎は剣を足下に突き立て、それにしがみつくことで耐える。身体中を土塊が叩き、熱波で皮膚がちりちりと痛む。

「――もしかしてあれも、禍魂《まがたま》狙いなのかしら」

小夜の言葉に、征十郎は「かもしれん」とだけ答えると立ち上がり、町のほうへと走り出した。

もう頭上を気にする必要はない。残りの小型船は、与一の追撃によってすべて撃墜されている。

「あのでかいのを墜《お》とすのか」

傍らに並んだのは、与一だ。

「手伝ってくれるのか、ありがたい」

素直にそう言われて、彼は目もとを引き攣《つ》らせる。

「――そこまでする義理が、この町にはない」

「そんなに冷たいこと言うなよ」

征十郎は、赤々と燃え上がる瞳で与一を見据えた。「うまい蕎麦《そば》屋もあっただろう？」

「………………」

与一はやはり、非友好的な眼差《まなざ》しで征十郎を睨《ね》めつける。

そんな視線を気にもとめず、征十郎は、行く手で燃えさかる町を指さした。

「それにほら、援軍もいるぞ」

与一《よいち》は、眉をひそめながら目を向ける。

その目に映ったのは、巨人だ。

燃え上がる穢土の町並みの中に、大鎧《おおよろい》を着た武士が立っている。七丈《二十一メートル》以上はあるだろうか。その手には長弓が握られ、腰には太刀を佩《は》いている。

巨人は、長弓を構えた。

腰につけた箙《えびら》(※10)から矢を引き抜くと、弓に番《つが》える。狙いは、高い。小型船ではなく、遥か上空に鎮座する母船のほうだ。

ここまで音が届きそうなほどに弦《つる》を引き絞り、そして放つ。

大気を貫く一矢は、轟《ごう》、と唸《うな》りを上げて天へと突き進んだ。失速しない。猛然と突き進む巨大な矢は、母船の下腹に突き刺さった。

衝撃に、巨大な船体が弾む。

ほぼ直角まで傾き、そこからずるり、と落下した。そのまま墜落するかに思えたが、母船はどうにか浮力を回復し、船体の均衡を回復する。

だがすでに、巨大な武士は第二の矢を番えていた。

それを阻むべく、二十艘以上の小型船が殺到してくる。機体先端の左右から機銃様《よう》の器官が飛び出し、全機が一斉に発射した。

巨大な武士に撃ち込まれた弾丸は、兜《かぶと》の吹返《ふきかえし》や眉庇《まびさし》、鎧の大袖や喉輪、弦走《つるばしり》などに次々と激突し、あるものは弾《はじ》き返され、またあるものは突き刺さる。

突き刺さったものは、そこで激しく回転し始めた。普通の鉛の弾ではない。先の尖《とが》った巻き貝に似たその弾丸は、自ら旋回を維持して装甲を破ろうとしている。

武士はそれを、一切、気にかけなかった。

第二矢を、放つ。

母船が落下したぶん、今度の軌道は先ほどよりも水平に近い。

その射線上にいた小型船が数艘、巻き込まれ、木っ端微塵《こっぱみじん》になった。だが、矢の軌道は些《いささ》かも変わらない。斜めに傾いたままの母船、その先端部分に命中した。

巨大な船の、その艦首が跳ね上がる。

ほぼ垂直になった船体は、奇妙な音を放ち始めた。

まるで、断末魔の苦鳴だ。

耳を劈《つんざ》くような悲鳴とともに、母船は墜落していく。最後まで姿勢制御を試みていたが、それはわずかに船体の傾き具合を変えただけにすぎない。

地面に激突した母船は、ゆっくりと、潰れていった。

内臓に似た外壁は赤黒い液体を吐き出しながら自重で押し潰され、内側から白い骨のようなものが飛び出してくる。骨に似た建材が乾いた音とともに折れ曲がり、さらに内側からは鱗《うろこ》のような、装甲板らしきものが白濁した液と一緒にずるりと吐き出された。

足下を揺るがす震動は、まるで末期の息だ。

「冗談だろ」

征十郎《せいじゅうろう》は、崩壊した町中を猛然と突き進んでいる。呟《つぶや》いたのは、その傍らを併走する与一だ。「なんだ、あの怪物は」

「式神だ。確か天一神《てんいつじん》、といったかな」

爆発によって倒壊した家屋が道を塞いでいるが、征十郎と与一はそれを軽々と飛び越えていく。

近づけば近づくほど、天一神と呼ばれた巨人の大きさが非現実的に見えてきた。

「あんなにでかい式神がどこにある」

「あそこに」

別に馬鹿にしたわけではないのだが、与一の目つきはいっそう険悪になる。

「そういうとこよ」

小夜《さよ》が囁《ささや》いたが、征十郎は聞こえないふりをした。

母船が撃墜されると、巨人に対する小型船の攻撃は激しさを増す。自ら旋回して鎧に喰らいつく弾丸は、次第にぶ厚い装甲を穿《うが》ち始めた。

さらにそこへ、小型船たちは新たな兵器を投入する。機体下部——形状的に上下の別はないが、地上に面した箇所——が大きく開き、内部から肉の触手に繋《つな》がれた繭《まゆ》が姿を見せた。

その触手が、ぶちり、と切断される。白と赤の液体を浴びながら、繭は自然落下した。

しかし、落ちてすぐに繭が内側から引き裂かれる。

広がったのは、毛に覆われ、鱗粉《りんぷん》を撒《ま》き散らす四枚の羽根だ。それは激しく羽ばたき、繭を四散させて我が身を自由にする。

現れたのは、巨大な蛾《が》だ。

ただし、その頭部は人間だ。額からは触角が生え、眼球部分に複眼があり、口の代わりに細長い口吻《こうふん》が渦を巻いている。六本の脚はすべて、人間の手の形をしていた。

蛾たちは、鱗粉を撒き散らしながら巨大な武士の頭上を飛ぶ。

彼らは、その手を自分の腹部に伸ばした。腰から下は、腹節を備えた蛾と同じ腹部だ。

それを彼らは両手で摑《つか》むと、自ら千切り取る。

丸まっていた口吻がまっすぐになり、その先端からは甲高い悲鳴のような鳴き声を放った。千切れた箇所からは緑色の体液と、細い糸のような臓器が垂れ下がる。

千切り取った身体《からだ》の一部を、彼らは大切に抱え込んだ。

そしてそのまま、巨大な武士へと突っ込んでいく。

巨人は文字どおり羽虫を払うように手で薙《な》いだが、蛾の飛翔《ひしょう》、旋回能力は意外と高く、それを躱《かわ》して接近した。

ふところに入ると、そこから急加速する。
何体かは叩《はた》き落とされたが、相当数の蛾が巨人へ肉迫した。
そのまま光へ群がるかの如《ごと》く、減速せずに激突する。
彼らの肉体が、頑強だったわけではない。武士の鎧にぶつかり、次々に潰れていくが、
巨人はなんら痛痒《つうよう》を感じていなかった。
まるで無意味な、自殺行為だ。
武士の鎧は、潰れた蛾の体液で緑色に塗《まみ》れている。
その緑から、白いものが立ち上り始めた。
煙だ。
溶けている。
巨人の全身を保護する鎧が、蛾の体液に溶解され始めた。あっという間に、その身体が
白煙に包まれる。
武士は、よろめいた。
轟《とどろ》くような低い音は、彼の苦悶《くもん》の声だったろうか。
小型船たちは、ここぞとばかりに銃撃を開始する。大鎧の守りを失いつつある巨人は、
生身でそれに耐えねばならない。
孤立無援ならば。

夜の闇が支配する空を、目映《まばゆ》い光が急接近してくる。

炎だ。

それは、巨大な蛇の形をしていた。全身の鱗から発火し、胴の半ばには炎でできた巨大な翼がある。上空高くから火の粉を舞い散らせ、天一神の頭上より小型船の編隊へ猛然と襲いかかった。

その速度たるや、最初に狙われた小型船は殆《ほとん》ど回避行動らしきものを取ることすらできない。

大きく開いた顎が、噛《か》み砕くことすらせずに丸呑《まるの》みにする。

辛うじて回避した――というよりも単に狙われていなかっただけの小型船たちは、慌てて炎の蛇から遠ざかろうとする。

周囲には、輝く火の粉が雪のように舞っていた。

一艘の小型船が、回避行動の途中でその火の粉を浴びる。

多少の高熱だろうと、装甲に損害はないと踏んだのだろう。

だが、熱ではない。

爆発だ。

火の粉が触れた箇所が次々に吹き飛び、小型船は激しく揺さぶられた。装甲はいとも容易《たやす》く粉砕され、引き千切れた臓器が赤黒い液体と一緒に空中にばらまかれる。

機体の半分以上を抉《えぐ》り取られた小型船は、錐揉《きりも》みしながら墜《お》ちていった。

最初の衝突で、十艘以上を撃墜する。

慌てて火の粉から遠ざかろうと迂闊《うかつ》に距離を取った一艘へは、蛇の顎が喰《く》らいついた。

巨大な牙が、機体に突き立つ。

歪《ゆが》み、拉《ひしや》げた。

たったひと噛みで、小型船は航行不能になる。身動《みじろ》ぎすらできぬままに、呑み込まれていった。

「言うまでもなく、あれも式神だ。確か、騰蛇《とうだ》っていったかな」

なにか言いたげな顔をしていた与一に、征十郎は説明する。与一は顔を顰《しか》めたが、それは燃え上がる町屋からの黒煙の中に突っ込んだから、だけではない。

「俺たちが行かなくても、大丈夫なんじゃないか」

煙を少し吸って咳《せ》き込みながら、与一は言う。「むしろ、巻き込まれそうなんだが」

その言葉を証明するかのように、騰蛇の尻尾に殴打された小型船が砲弾の如き勢いでふたりの近くへ墜落する。燃え盛る平屋の屋根に激突し、木っ端微塵に粉砕した。燃える木片と火の粉が大量に四散し、黒煙が噴出する。小型船はそのまま床板と激突し、拉《ひしや》げて裂けた機体から赤黒い液体を勢いよく吐き出した。

与一の進行方向を横切るように噴出したため、彼は慌てて飛び退《の》き、併走していた征十郎に激突する。

　すると、またしても慌てて、征十郎から我が身を引き剝がした。

「？」

　与一の行動が理解できず、征十郎はきょとんとしていたが、「燃えてるみたいに見えるのよ、私たち」小夜に指摘されて、ああ、と合点がいったように声を上げた。

「これは、燃えてるわけじゃない。あちらからの物理干渉が、俺たちの目にはこう映るだけだ」

「――あちらって、なんだ」

　双眸《そうぼう》を細める与一は、わずかに征十郎から距離を取った。その手に握る宿り木《ミストルティン》の枝が、わずかに動く。

　征十郎は、困ったように苦笑いした。

「それがなあ、いまいちわからないんだよ」

「高天原《たかまがはら》ではないのかな」

　その声に征十郎は驚かなかったが、与一はぎょっとした顔で声のした方向へ宿り木の枝を構えた。

「物騒なものを向けないでくれ給《たま》えよ」

　そう言って笑ったのは、土御門《つちみかどかがみ》各務だった。彼女を庇《かば》うように間へ割って入ったのは、彼女が太陰《たいおん》と呼ぶ式神の少女だ。

「何者だ」

向けるな、と言われて素直に従うほど、与一《よいち》は他人を信用していない。

「しがない陰陽師だ」

各務がそう答えても、宿り木を構える与一の腕はぴくりとも動かない。

「あの式神を使役しているのが、彼女だ。撃つなよ」

困った顔の各務へ、征十郎が助け船を出す。

「安倍晴明《あべのせいめい》だ。知らないわけじゃないだろう？」

「は？」

与一が目を丸くするのと、「征十郎！」各務の叱責が飛ぶのはほぼ同時だった。

「軽々しく正体を明かすな。わたしはこっそり密《ひそ》やかに生きてるんだ」

「別にこいつは、言いふらしたりしないさ」

なあ、とばかりに与一へ水を向けると、彼はようやく宿り木の枝をわずかに下ろしたところだった。

「――あんたも、〝神喰らい〟か」

「いいや」

各務――晴明は、首を横に振った。

ふたたび、宿り木の枝が持ち上がる。

「ならばどうして、あんたがいまここにいる」

「長生きの秘訣《ひけつ》は、禍魂《まがたま》だけにあらずさ」

彼女はほくそ笑み、それから頭上を指さした。「いまはそんなことより、あれをどうにかするべきだろう？」

「助かるよ、晴明」

征十郎が感謝を込めて肩に載せた手を、彼女は腹立たしげに払いのけた。

「おまえに言われたからでも、穢土《えど》を思ってのことでもない」

彼女は忌々しげに目を細めて、両手を広げた。「この騒動で、わたしの店が結構な被害を被ったのでな、その意趣返しというわけだ」

「素直じゃないな」

征十郎が笑うと、晴明は冷ややかな眼差《まなざ》しを送りながら、一枚の呪符を取り出した。

「ところで、いまのおまえには覿面《てきめん》に効きそうだな」

「やめろって」

本気で嫌がる征十郎を見て溜飲《りゅういん》を下げたのか、晴明は快活に笑ったあと、上空にいまだ健在している宙船《そらふね》を指さした。

「ならばとっとと墜《お》としてこい。こんなところで油を売っている場合か」

「わかってるよ」

征十郎《せいじゅうろう》は、巨人を見上げた。騰蛇の援護を得て、ふたたび長弓を構えている。残る母船は三隻だが、少なくともあと一隻はあの弓で撃ち墜とすだろう。

「じゃあ、援護は頼んだぞ、与一」

返事は待たない。

与一はなにか言いかけたが、もうすでに征十郎の背中は小さくなっていた。

自分勝手なのか、信頼なのか。そのどちらにせよ、与一には忌々しいことに変わりはない。

「君も、面倒くさいやつに目をつけられたものだな」

舌打ちして駆け出そうとした与一に、晴明が一枚の呪符を差し出した。「これを使い給え。いまの彼に追いつくのは、なかなかに大変だぞ」

「それがなんの役に立つ」

ぶっきらぼうな与一の返答に、晴明はくすりと笑う。

「役に立つさ」

彼女は指に挟んだその呪符を、与一に向けて投げる。それは空中でひらりと回転すると、ぐにゃりと曲がった。厚みが生まれる。それは高速で増殖し、瞬く間に質量を得て生物の形へと変形していく。

与一は二、三歩、後退《あとずさ》った。

目の前には、虎がいる。雪のように白い体毛を持つ、美しい猛獣だ。

「白虎だ。速いぞ」

「――まさか、これに乗れと？」

与一は、言外に断る、と言わんばかりの表情だ。

晴明は、にっこりと笑う。

「お互い、あいつのせいでいらぬ苦労をしているようだからな。特別だぞ？」

「いや、結構だ」

与一は言うや否や、身をひるがえした。

その身体《からだ》が、宙に浮く。

着物の襟を白虎が口に咥《くわ》え、持ち上げたのだ。

彼の身体は、白虎の背中へ着地する。

「遠慮するな」

「遠慮など――」

その台詞《せりふ》は、最後まで言えなかった。白虎が、猛烈な加速で飛び出したからだ。振り落とされまいと、白く艶やかな毛並みにしがみつくほかない。

それと同時に、頭上で弦が鳴った。

その振動が大気を震わせ、周囲の瓦礫《がれき》が小刻みに震える。

放たれた巨大な矢は、白虎を追い抜いて突き進んだ。

先行する征十郎の頭上をも駆け抜け、巨大な母船へと突き刺さる。左舷部分に深々と突き立った矢は、船を大きく傾かせた。その影響か、断続的に射出していた卵形の爆弾があらぬ方向へと飛んでいく。

その先にあったのは、同じ母船だ。

数十発の爆弾が母船の船体に激突し、割れた殻から胎児が生まれ落ちる。

産声が引き金となり、爆発が連鎖的に宙船を襲った。その打撃力で船体が九十度近く傾き、大きく高度を下げる。

小夜《さよ》が、感嘆の声を漏らした。

「与一じゃないけど、本当《ほんと》に私たちの出番ないんじゃないの？」

「どうかな」

征十郎は、疾走の速度を緩めない。空を見上げ、母船の位置を確認する。そのうち二隻は、天一神の攻撃によって損壊し、それが原因か一時的に爆撃を中止していた。

しかし、なんら被害を受けていない最後の一隻もまた、卵形爆弾の射出をやめている。

代わりに、その船体が、先端部分でゆっくりとふたつに裂け始めていた。

肉を裂くような音を立てながら左右に割れた船体の奥からは、楕円形《だえんけい》の器官が押し出されるようにして現れた。

その先端が、割れる。

無数の花弁のように捲《めく》れ上がり、内側に収めていたものが露《あら》わになった。

女だ。

白濁した粘液に塗《まみ》れた巨大な女の顔が、苦悶《くもん》の表情を浮かべている。その赤い唇が開かれると、迸《ほとばし》ったのは甲高い悲鳴だった。

喉の奥が、白く輝いている。

まるで絶叫そのもののように、その輝きが放たれた。

衝撃に、船体が大きく後ろに押し戻される。光の筋は、まっすぐに天一神へと伸びた。

発射と着弾に、ほぼ時間的誤差がない。天一神は、指一本すら動かせぬままに、その胸の中心部を撃ち抜かれた。

そして式神の肉体を貫通した光は、その後方、穢土湾を直撃する。

爆発は、二カ所だ。

ひとつは、天一神――彼の胸部は大きく膨れ上がったあと、風船が割れるように破裂する。腰から上が消失し、残った下半身は力を失って膝を突き、そのまま倒れ込んだ。兜《かぶと》に包まれた頭部は首から引き千切られ、その足下へと落下する。

ふたつめは、穢土港だ。

光を受けた海は、轟音《ごうおん》とともに弾《はじ》け飛んだ。大量の水が、一瞬で蒸発する。発生した高熱の水蒸気が爆風に乗って周辺へと広がり、港を蒸し焼きにした。船で穢土を出ようとしていた人間は、ほぼ全滅だろう。

「うわ」

さすがに小夜も、言葉が続かない。

征十郎はただ、加速する。

第二射まで、どの程度の時間があるのか。

聞こえてくるのは、激痛に泣き喚《わめ》いている女の声だ。

光の筋を撃ち終わった巨大な女の顔は、見るも無惨なありさまだった。発射の衝撃で唇から頬にかけての肉が剝ぎ取られ、裂かれた皮が顎にぶら下がっている。その顎も、関節が外れてしまったのか閉じることができず、血の混じった唾液を撒《ま》き散らしていた。

血走った目は助けを求めているのか、涙を流しながらめまぐるしく動いている。

だが、その願いも空《むな》しく、彼女の喉の奥がふたたび光り輝き始めた。

想像以上に、速い。

「ここからやる」

征十郎は、爆発で大きく地面が陥没した箇所の手前で足を止めると、剣を構えた。

「遠すぎる、無茶だわ」

小夜が、慌てて制止する。「開いちゃうって」

征十郎は、剣の切っ先を母船に向けながらにやりと笑う。「おまえが閉じてくれるだろ？」

「大丈夫だ」

聞こえてきたのは、不満げな唸《うな》り声《ごえ》だった。

「そういうのはあれよ、信頼とかじゃなくって丸投げって言うのよ」そう言った直後に、「上！」切羽詰まった調子で警告する。

周囲を偵察していた小型船の一編隊が征十郎に気づき、こちらへ機首を向けた。機銃が、征十郎に照準を合わせる。

だが、彼は動かない。

小型船たちは急降下しながら、機銃を撃ち込んでくる。小夜は頭上に、自身の身体を盾のように掲げた。数百発の銃弾が、黒い防壁に阻まれる。征十郎には届かなかったが、それぞれの弾丸が激しく旋回し、小夜の肉体を削り取りながらこれを突破しようとする。

小型船たちは上昇し、旋回すると、ふたたびこちらへ向かってきた。

「えーい、鬱陶しい」

小夜は、自身の身体に喰《く》らいついてくる弾丸をどうにか振り払おうと身体を大きく振り回しながら、次の銃撃に備える。

その頭上を、なにかが跳んでいった。

四足獣だ。

白い体毛の虎が、急降下してきた小型船たちへと跳びかかる。彼らは突如現れた獣に、素早く回避行動を取った。急降下からの、急上昇だ。変則的《イレギュラー》な状況に対し、冷静な対応を見せる。相手が獣ならば一度高度を取り、しかるのちに集中砲火で叩《たた》けばいい。

だが、その獣の背にいる射手を、彼らは見逃していた。

放たれた光る巨大な矢は、数十に分裂し、小型船を追尾する。

一艘たりとも、逃れることはできなかった。

機体に深々と光の矢を突き立てられた小型船からは、飛翔《ひしょう》能力や旋回能力の低下により、ふたたび攻撃を仕掛けようという積極性が失われる。

与一《よいち》を乗せた白虎は、着地と同時に、それらとは逆方向へ鼻を向けた。そちらからも、編隊が近づいてくる。

「まかせていいのね!?」

問うたのは、小夜だ。

与一は、包帯の下で頬を歪《ゆが》めた。

「知らん」

憎々しげに、呟《つぶや》く。「俺は好きにやるから、おまえらも好きにしろ」

そう言って、顔を背ける。

目を閉じ、眉間に深い皺《しわ》を刻んでいた征十郎の口もとに、静かな微笑《ほほえ》みが浮かんだ。

そして、その全身が炎に包まれる。全身に広がった亀裂から迸る赤光が、周囲を染め上げるほどに強くなった。

足下が、激しく揺れ始める。周囲に散乱していた瓦礫が弾み始め、半壊していた家屋が音を立てて崩れた。地面には亀裂が走り、ずれが生じ始める。

征十郎の喉が、そこで初めて苦鳴を漏らした。

顔を斜めに走る傷が、開き始めている。

だが不思議なことに出血はなく、次第に広がっていく傷口の向こう側には、筋肉も脂肪も、骨すら見当たらない。

あるのはただ、黒い空間だけだ。

「征十郎！」

小夜の逼迫《ひっぱく》した呼びかけに応えるかのように、征十郎は静かに振り上げた。

赤光が、天に伸びる。

女の顔は、いままさに、光の筋を撃ち込もうとしている。

征十郎の喉が、裂帛《れっぱく》の気合いを放った。

光の剣が、一気に振り下ろされる。

世界を、赤い光が縦に切り裂いた。

光は、一瞬で消失する。

届いたのは、悲痛な声だ。

遥《はる》か遠くで、女の喉が絶叫を放っていた。

振り下ろした赤光の斬撃は、彼女の顔を断ち割っている。裂けた口腔《こうこう》から絞り出されるのは、断末魔の悲鳴だ。

顔の裂け目からは大量の赤い液体が迸り、豪雨の如《ごと》く地上へと降りそそぐ。そこに、ぶよぶよとした灰色の物体が混じっていた。脳、だろうか。征十郎《せいじゅうろう》の斬撃は、女の顔のみならず、その奥の深いところにまで到達していた。

船体は急激に均衡を失い、回転しながら落下し始めたかと思えば、機首を上げて急加速する。

完全に、制御不能に陥っていた。

その進路上には、さきほど誤射した仲間の船がいる。こちらはどうにか制御を取り戻したようだったが、急激に接近する僚船を躱《かわ》すことはできなかった。

巨大質量の激突に、大気が震え、地上まで押し寄せてくる。鈍く重い激突音が轟《とどろ》き渡り、鼓膜越しに脳を揺さぶった。

その二隻の行方を、征十郎は見届けない。

縦に振り下ろした剣を、今度は横に倒して構えた。

その剣身が、ふたたび赤く輝き出す。

「征十郎、無茶がすぎるわ」

彼の意図を察したのか、小夜の声に焦慮が滲《にじ》む。

「大丈夫、できるさ」

そして全身が、内側から漏れ出る光で赤く染まった。

一歩、踏み込みながら、征十郎はなにもない空間を横薙《よこな》ぎにする。

赤光が、衝撃波の如く放たれた。

空間が、揺れたようにも見える。

しかし実際は音もなく、微風《そよかぜ》すら生まれていない。

ただ光だけが、穢土《えど》の町全域へと広がっていく。

薙ぎ払ったのは、町を焼き尽くす勢いで広がっている炎だ。

酸素を貪欲に喰らいながら成長する炎が、赤光に触れるや否や瞬く間に消失する。

まるで、周囲の酸素を一瞬で根こそぎ奪われたかのようだ。

だが、倒壊寸前の家が崩れ去ることもなく、炎に炙《あぶ》られていた木々が揺れることもない。

まさしく炎という物理現象のみが、この世界から消えていくのだ。

赤い光はわずかな時間で穢土を駆け抜け、夜の暗さが戻ってくる。

さすがにすべての火が消えたわけではないが、八割以上が光に呑《の》み込まれていた。

征十郎の手から、剣が滑り落ちる。

そのまま膝を突き、倒れそうになる身体《からだ》をどうにか支えていたが、彼の顔は傷口を境にして完全に割れていた。

その内側、黒い空間からなにかが這《は》い出てくる。

指だ。

人間の五指が征十郎の顔の中から現れ、傷口の縁《ふち》に指をかけた。

そして、押し広げようとする。

なにかが、こちら側へ出て来ようとしていた。

それを阻むのは、小夜《さよ》だ。液体状の身体で征十郎の顔を覆い、顔の裂け目を閉じようとする。

「ほら、ふんばりなさい」

小夜の励ましの声は、重々しい轟きに掻《か》き消される。

二隻の宙船《そらふね》が、墜落した音だ。

その衝撃が地面から伝播《でんぱ》し、膝から征十郎の身体を駆け上がってくる。揺れた身体は、そのままゆっくりと横へ倒れていった。

支えるべき手が、咄嗟《とっさ》に動かない。

横倒しに倒れ込んだ征十郎は、忌々しげに呻《うめ》いた。

「寝てる場合か！」

「――容赦ないな」

小夜の辛辣な言葉に、食いしばった歯の間から苦笑が漏れ出た。

だがそれが、力になる。

震える手で地面を摑《つか》み、上体を辛うじて起こした。

そして、腰帯に下げていた革袋へ手を伸ばす。

そこから、禍魂《まがたま》を取り出した。ここに来るまでに討伐した禍津《まがつ》神《かみ》から、取り出したものだ。

それを嚥下《えんげ》し、征十郎は少しだけ人心地がついたかのように息を吐いた。

「高天原《たかまがはら》、ですね」

興奮した声が近づいてきたのは、そのときだった。


（※10）……矢筒のこと。

征十郎は、喉の奥で苦鳴を呑み込みながら、声のするほうを見やった。

「そうでしょう？　あなたの身体はいま、高天原と繋《つな》がっている」

爛々《らんらん》と目を輝かせ、引き寄せられるように近づいてくるのはアーチボルド・ホープだ。

「高天原、天国《ヘヴン》、楽園《パラダイス》、なんと呼ぼうが構いません。しかしそこは、神の住まう場所――この世の誰もが求める場所です。これ以上ない商品になる」

「あんたの目的は最初から、これだったか」

征十郎の声は、顔が割れているので些《いさ》か不明瞭に聞こえた。アーチボルドは、満面の笑みで頷《うなず》く。

「稀人《まれびと》のような不確定要素の大きい存在は、商売に向きません。禍魂は、ご存じのとおり複製できる」

そして両手で、這い蹲《つくば》る征十郎を指さした。「唯一無二の天国への扉とは、比べるべくもありませんよ」

「本当に天国だと思うのか」

征十郎はなんとか身体を起こし、まだ震える指先で自分の顔の亀裂を指した。「そう思うんなら、覗《のぞ》いてみればいい」

「その手には乗りませんよ」

アーチボルドは、両手を小さく上げると後退《あとずさ》った。楽しげに、喉を鳴らして笑う。「その手は、危険すぎますからね」

彼は、背後に向かって手招きする。

当然、彼らの姿は征十郎たちにも見えていた。

機巧《からくり》人形たちだ。

一糸乱れぬ足取りで、彼ら彼女らは、アーチボルドの傍らに並び立つ。

その中に、知った顔がある。

「あっ、あの子」

フィーアだ。

彼女はその目で征十郎を見据えているが、そこにはなんら――もともと無表情ではあったが――感情らしきものはない。

「そいつに、なにかしたな?」

「もちろんです」

アーチボルドは、口の端を歪めた。「社の備品を野放しにするわけないでしょう?」

そう言いながら、機巧人形たちに指示を与え始める。

征十郎は、よろめきながらも打刀を引き抜いた。引き抜きはしたが、殆《ほとん》ど動くことができない。

そこへ、機巧人形たちが殺到する。彼らは征十郎を押し倒し、その四肢を押さえつけた。

小夜は、押し広げられそうな征十郎の顔の傷を抑えるので手一杯だ。

「ちょっと、フィーア、ぼさっと見てないでなんとかしなさいよ！」小夜はそう言ってはみたものの、微動だにしないフィーアに落胆したりはしなかった。

「あんた、祟《たた》ってあげるからね」

代わりに、アーチボルドへ呪詛《じゅそ》の言葉を投げつける。彼は、黒い粘体と化した小夜の言葉に一瞬、たじろいだものの、すぐに引き攣《つ》った笑みを取り戻した。

「さあ、始めろ」

自分の優位を確信し、残った機巧人形へ命令する。

彼はなにをするつもりか。

残る人形たちは、征十郎の側《そば》へやってくると綺麗《きれい》に列を作り始めた。

そして最初の数体が、征十郎の顔に手を伸ばす。

「おい――」

征十郎が困惑の声を上げるより早く、彼らは征十郎の顔の亀裂に手をかけて、これを広げようと力を込めた。

「なんのつもりよ！」

小夜は必死でこれに抗《あらが》ったが、そもそも内側からの指先を抑えるので精一杯だった。そこに機巧人形の膂力《りょりょく》が加わると、劣勢なのは明らかだ。

そこで、液体化した身体の一部を鞭《むち》のように細く絞り、群がる機巧人形を打ち据えた。数人が吹っ飛んだが、すぐさま別の人形が征十郎の顔に取りつく。きりがない。そして、排除に意識を割いたせいで、亀裂を抑える力がわずかに緩んだ。

瞬間、ずるり、と巨大な手が飛び出した。

鋭い爪の生えた、黒ずんだ肌の腕だ。

その手は、手近にいた機巧人形を鷲摑《わしづか》みにする。握った指の間からは、金属が歪《ゆが》み、木材が割れる音がこぼれ落ちた。

掌《てのひら》から飛び出していた頭部は、その首の厚みがなくなるまで握り込まれ、千切れて地面に転がり落ちる。

そうして征十郎の顔の内側へと、壊れた機巧人形ごと腕は消えていく。

だが、機巧人形たちは逃げる気配もなければ、攻撃をしようという素振りもない。

二体目が握り潰されても、むしろそれを望むかの如く彼らは列を成した。

「なんのつもりだ。なにをしてる？」

征十郎《せいじゆうろう》の声に焦りがあったとすれば、それはその列にフィーアも並んでいたからだ。

「おや、由井正雪《ゆいしょうせつ》から聞いてませんでしたか？　先ほども申したとおり、我々は禍魂の複製に成功しました」

アーチボルドは、小型の鞄《ベルトポーチ》から葉巻を取り出し、先端を小さい小刀《ナイフ》で切り落とす。「まあ、大半は紛《まが》い物《もの》ですがね。それでも万にひとつ、本物に近いものができはしないかという、まあ希望的観測ですよ」葉巻を咥《くわ》え、燐寸《マッチ》で火をつけた。

「なんの話をしてる」

三体目の機巧人形が上半身を潰され、残った下半身は足を摑まれて征十郎の顔の中に引きずり込まれていく。

「その手は、須佐之男命《すさのおのみこと》ですね」

煙を吐き出しながら、アーチボルドは、もうわかっただろう、といわんばかりに肩を竦《すく》めた。

怪訝《けげん》な顔をしていた征十郎は、なにかに思い至ったのか顔を強《こわ》ばらせる。

「櫛名田比売《くしなだひめ》か」

アーチボルドはただ、葉巻を咥えたままにやりと笑う。

四体目の機巧人形は、両足を摑まれ、そのまま向こう側へ連れて行かれた。

「どこで、などと訊《き》かないでいただきたい。もちろん、企業秘密です」

「飼い馴《な》らすつもりか？」

馬鹿な、と征十郎は吐き捨てたが、アーチボルドは煙を吐き出しながら口の端を歪めた。

「大人しくしてもらうだけですよ。厄介な門番にね」

門番、と称された須佐之男命は、五体目の機巧人形へと掌を叩《たた》きつけた。人形の身体は頭上からの衝撃で押し潰され、千切れ飛んだ手足が転がっていく。

次が、フィーアだ。

彼女も他の人形たちと同じく、ためらいもせずに指先を近づけてくる。

「やめろ」

「やめなさい」

征十郎と小夜が異口同音に制止するが、彼女にはもう届かない。

小夜は必死で裂け目を閉じようとするが、それを阻む機巧人形たちのせいでままならず、奮闘むなしく巨大な指先が飛びだしてくる。

フィーアの身体を、摑んだ。

そして、容赦なく握り潰す。

寸前。

その指から、力が失われた。

巨大な掌に握り込まれたまま、フィーアは倒れ込む。

須佐之男命の手首が、切断されていた。

切断面は、禍津神とは違って人間のそれと変わらない。美しいとさえいえる断面は、脂肪や筋肉、神経、骨の存在を明らかにしていた。

一拍遅れて、出血する。

あざやかな赤が、迸《ほとばし》った。

征十郎の顔の亀裂から、大気を震わせる咆吼《ほうこう》が轟《とどろ》く。その凄《すさ》まじさに機巧人形たちの動きが止まり、悠然と構えていたアーチボルドが腰を抜かしたかのように尻餅をついた。

ただひとり、彼だけが――柳生十兵衛《やぎゅうじゅうべえ》だけが、たじろがなかった。

彼が手にする、須佐之男命の腕を切断した刀は赤光を放っている。

三池典太《みいけてんた》――彼の、愛刀だ。

付喪神《つくもがみ》として神性を得た刀を手に、彼は前進する。

須佐之男命の咆吼で、征十郎を抑え込んでいる機巧人形は麻痺《まひ》状態にあった。

その首を、十兵衛は易々《やすやす》と叩き斬っていく。

足下に転がってきた人形の頭を蹴飛ばし、彼は征十郎を見下ろした。

「寝てる場合か」

奇《く》しくも小夜《さよ》と同じ言葉で、叱責する。

眼帯は、外していた。

露《あら》わになった右目には、眼球がない。代わりにあるのは、白濁した球体だ。それが赤い光を放ち、まるで目が燃え上がっているように見える。

禍魂《まがたま》だ。

眼球を失った眼窩《がんか》に、禍魂を埋め込んでいるのだ。

彼は、刀の切っ先で征十郎の顔の亀裂を指した。

「さっさと起きて、そいつをどうにかしろ」

「柳生十兵衛！」

アーチボルドが、怒声を放つ。信綱《のぶつな》と家綱《いえつな》がいないところを見れば、あの場を無事に切り抜け、ふたりは安全な場所にいるということだろう。

そしてまたここに現れ、自分の計画を阻害し、立ちはだかった。

彼の顔は、怒りに赤く染まっている。葉巻を摑《つか》む指先は、小刻みに震えていた。

だが十兵衛は、彼のほうを見ようともしない。

これに堪忍袋の緒が切れたのか、

「やれ！　殺せ！」

まだ生き残っている機巧人形たちへと、大声で命じる。

麻痺状態から回復した機巧人形たちは、それに従って十兵衛へと襲いかかった。短剣を引き抜き、あるいは肘から先に仕込まれていた機銃を構える。

その尽《ことごと》くが、斬り伏せられた。

アーチボルドも、少なからずこの結果を予測していたようで、忌々しげに唸《うな》ったが取り乱しはしない。

「やはり、なにをおいても貴様を先に始末するべきだったか」

悔やむよう、言葉を吐き捨てる。

だがやはり、十兵衛は彼を無視した。

その視線の先では、征十郎の顔に走った亀裂が閉じようとしている。裂け目の縁にかかっている五指には、先ほどまでの勢いがない。

手首から先を切り落とされたのが、堪《こた》えたのだろうか。

小夜は須佐之男命の指に絡みつき、一本、一本、力尽くで引き剝がしていく。征十郎もそれに加わり、やがて指先は亀裂の奥へと吸い込まれていった。

亀裂が、閉じる。

すると、彼の全身を這《は》っていた赤光も輝きを失い、目の色ももとの黒へと戻っていった。

征十郎は、長く深い息を吐く。

そして、十兵衛を見上げた。

「フィーアを助けてくれたな。ありがとよ」

十兵衛は、目を細めた。

開口一番、そんなことを言われるとは思ってもいなかったのだろう。

彼は、口の端を微《かす》かに歪めた。

「――これで、よくわかっただろう」

十兵衛は、なにが、とは続けなかった。

征十郎も、微苦笑を浮かべただけで真意は問わない。どうにか立ち上がると、顔の傷を指先で確認する。傷は確かに閉じていたが、消耗が激しい。身体《からだ》が重く、まるで水中にいるかのように腕を持ち上げるだけでも一苦労だ。

それを見届けてようやく、十兵衛はアーチボルドに向き直った。

「伊豆守《いずのかみ》はおまえを捕縛しろ、と言ったがな」

十兵衛は三池典太を鞘《さや》に納めると、腰帯に手挟んでいた鉄の杖《つえ》を引き抜いた。「五体満足で、とは言わなかった。抵抗したければ、していいぞ」

「まったく、度し難いな」

彼は、すでにこの場から逃げられないことを覚悟したのだろう。逃げる素振りは示さず、憎々しげに吐き捨てた。「楽園の価値すら、わからんのか」

ただ、彼は葉巻でなく注射器を手にしていた。

彼はそれを、素早く自分の首筋に打ち込む。

「頭の中だけでも、楽園に行くつもりか」

十兵衛はそれが、麻薬の類いだと思ったようだ。

征十郎は、その注射器に似たものを、張孔堂《ちょうこうどう》で見ていた。

アーチボルドはその場に膝を突き、ゆらゆらと上体を揺らし始める。薬液を送り込んだ首筋が、爛《ただ》れ始めていた。小さく痙攣《けいれん》したかと思うと、白目を剝《む》き、顔面から地面へと倒れ込んでしまう。

「――なんだ、あれは」

十兵衛は呆《あき》れた様子で近づいていくが、「待て」征十郎が、それを引き留める。「早く、止《とど》めを刺したほうがいい」

俯《うつぶ》せに倒れたアーチボルドは、泡を吹いて昏倒《こんとう》している。どうみても、危険だとは判断できない。

十兵衛はしかし、ゆったりとした足取りからいきなり最高速へ加速した。

アーチボルドの後頭部めがけ、鉄の杖を撃ち込んでいく。頭蓋を砕く勢いだ。

だが、手応えは硬く、なにかが十兵衛の頰を打つ。

杖の先は地面を抉《えぐ》り、彼の周辺を羽根が舞っていた。

視線を、撥《は》ね上げる。

「なるほど、これはまさに生まれ変わったかのようですね」

アーチボルドは、飛んでいた。背中に生えた翼で、羽撃《はばた》いている。

それを可能にしたのは、背中、肩周り、胸の異常に発達した筋肉だ。

すでに上着は、急速に発達した筋肉を包み込むことができずに破れてしまっている。

「いざというときのために用意しておいて、助かりました」彼は瞬く間に、上昇していく。

「では、ごきげんよう、蛮族の皆さん」

こちらに飛翔《ひしょう》能力がなく、飛び道具もないと見越した上での、余裕だ。

ただ彼は、この場にいない人間のことを勘定に入れていなかった。

遥《はる》か遠くから、風を貫く音が近づいてくる。

征十郎と十兵衛の頭の上を、高速で通過した。そしてアーチボルドの肩口に、深々と突き立つ。矢だ。彼は射られた衝撃で姿勢を崩し、悲鳴を上げながらそれでも飛び去ろうと翼を懸命に羽撃かせた。

その背中へ、二本目、三本目と容赦なく矢が突き刺さっていく。

翼が動かなくなり、ついに落下していったのは、五本目が首を貫通したときだった。

受け身を取ることもできず、不格好に墜落したアーチボルドは、しかしすぐさま起き上がると信じられない速度で遁走《とんそう》する。薬液による〝獣憑《つ》き〟は、ただの商人の肉体をここまで変えてしまうものなのか。

十兵衛はすぐさま追跡するべく地を蹴ろうとしたが、その傍らを猛然となにかが駆け抜けていった。

ザクッ

白い毛並みの虎だ。

その速度は、〝獣憑き〟を遥かに凌駕《りょうが》した。

あっという間に追い付き、その背中へと跳びかかる。前脚の爪で羽を摑むとそのまま勢いと自重で押し倒し、その巨大な顎で肩口に喰《く》らいついた。

そして、激しく振り回す。

上下左右に跳ねる彼の悲鳴は、やがて高々と宙を舞い、地面へと叩きつけられた。

白虎は、アーチボルドの千切れた腕を口に咥《くわ》えたまま、その脚でアーチボルドを逃げないように押さえつける。

「よくやった」

そう言ったのは、アーチボルドを撃ち落とした与一《よいち》だ。彼は、征十郎《せいじゅうろう》の傍らで足を止める。

「おまえに譲ろう」

そう言われて、征十郎は特に嬉《うれ》しそうでもなかったし、むしろ少しだけ面倒くさそうな顔をした。

「――まあ、そうだな」

だがすぐに思い直し、歩き出す。アーチボルドは、どうにか白虎から逃れようと奮闘していたが、びくともしない。征十郎は、巨大な虎の背中を軽く叩いて労《ねぎら》った。

「おまえをここで殺しても、残りの委員会の連中があとを引き継ぐんだったな」

征十郎は、アーチボルドの側《そば》で胡座《あぐら》をかく。

「そうですよ」

アーチボルドは、まだ交渉の余地があると踏んだのか、素早く反応した。「ですから、また知らない相手とやり合うよりは、わたしと妥協点を探っていくほうが――」

「さっき吸ってた葉巻、一本くれよ」

征十郎に話を遮られたアーチボルドは、やや不満げに、しかし刺激しないようにゆっくりとした動きで小型の鞄《ベルトポーチ》から葉巻を取り出し、差し出した。

征十郎は火をつけると、葉巻の煙を吸い込み、その味と香りを楽しみながら吐き出す。

言葉はない。

それが癇《かん》に障《さわ》ったのか、あるいは焦慮からか、彼は口早に捲《まく》し立てた。

「正直、今回の件についてはこちらもやり過ぎた感はあります。ですが、これはわたしに大きな貸しを作ったと思ってもらえれば――」

「全員、殺すことにした」

静かに、征十郎は告げる。

アーチボルドは言葉を切り、口をぽかんと開けたまま固まった。

「おまえの代わりが来れば殺すし、その代わりが来ればまた殺す。新しく選出されたやつも殺す。そうすることにした」

「ちょ、ちょっと待ってください、どうして──」

顔色を変えて、アーチボルドは言い募った。「よく考えてください、わたしたち東印度《インド》会社が、世界的な大企業が、あなた個人にさまざまな便宜を図ると言ってるんですよ!?」

「そうかい」

まったく興味のなさそうな征十郎を目にして、アーチボルドは愕然《がくぜん》と言葉を失う。

ただ一言、「どうして」とだけ呟《つぶや》く。

征十郎は、楽しげに笑った。

「自分で言ってたじゃないか」

そして気安げに、横たわる彼の背中を叩《たた》く。

「俺たちは、蛮族なんだ。文明人の尺度で測っちゃ駄目だろうよ」

それから、まだ自分の背中に張りついたままの小夜《さよ》に、「頼む」と言って立ち上がった。

立ち上がる彼の身体を滑り落ちるように、小夜は地面に降りていく。

「確か、基督《キリスト》教には輪廻《りんね》転生の概念はなかったよな」

そう言う征十郎を、アーチボルドは怯《おび》えた顔で見上げる。彼は、小さく頷《うなず》いた。

「なら、安心だな」

「なにが？」

なかば理解しながらも、その可能性を排除したくてわからない振りをする。

小夜は、その黒い身体をアーチボルドに寄せた。

「祟《たた》るって言ったわよね」

小夜の囁《ささや》きに、アーチボルドは絶叫する。

必死で身を捩《よじ》り、どうにか逃げようとするが、白虎の身体を押しのけることはできない。

小夜はゆっくりと、彼の身体に触れた。

「あ――」

悲鳴を上げていたアーチボルドの声が、そこで途切れた。

彼の生命は、瞬く間に吸い取られていく。

暴れていた身体は激しい痙攣に襲われるが、それも長くは続かない。輪廻を喰らわれた肉体は水分を失い、乾燥し、みるみるうちに萎《しな》びていった。

最後に残った彼の水分は、眼窩《がんか》から流れ落ちる。

あとに残るのは、木乃伊《ミイラ》状の屍《しかばね》だけだ。

それも、白虎が前脚を動かした途端に砕け散り、微細な粒子となって消えていく。

黒い粘体――祟りそのものへと変じていた小夜が、地面から立ち上がり、人の形を取った。黒は滲《にじ》むように消えていき、そこへさまざまな色が咲き乱れる。

「あー、すっきりした」

いつもの姿に戻った小夜は、大きく伸びをした。

その頭を、征十郎の掌《てのひら》が優しく叩く。

「まだ、やることはあるぞ」

「はいはい」

小夜は、その場にいる十兵衛《じゅうべえ》と与一、そして式神の白虎を見回した。

「とりあえず、いま見たことは秘密にしておいてくれるかしら」

彼女の要望に対し、十兵衛と白虎からはなにも反応がなかったが、与一だけが眉根を寄せた。

「口外したら？」

「超祟ります」

そう言われた与一は、元が人間であったこともわからないほど崩れ落ちたアーチボルドの屍を一瞥《いちべつ》し、小さく舌打ちする。

その反応で納得したのか、小夜はもう一度、彼らをぐるりと見回した。

「じゃあ、担当を決めましょうか」

「担当？」

十兵衛が、訝《いぶか》しげに双眸《そうぼう》を細める。小夜は、五つの場所を指さした。それぞれ、母船が墜落した場所だ。

「これからあの船に行って、残ってるやつを皆殺しにします」

これに誰も異は唱えなかったが、彼女がわざわざそう主張する理由はわからないようで若干の困惑があった。

「捕らえるのではなく、殺すんだな」

与一の確認に、今度は征十郎が頷いた。

「そののち、母船と小型船も合わせてすべて焼却する。可能な限り、痕跡を残さないように」

「理由を訊《き》いてもいいか」

十兵衛は、不服とは感じていないようだ。穢土《えど》の町をここまで破壊した相手を、そもそも許すとは考えていない。

だがそれは、痕跡を残さないことには繋《つな》がらない。

「彼らは、稀人《まれびと》は、この世界の理《ことわり》を壊す」

征十郎は、すでに歩き始めていた。「招かれざる客には、この世界からいなくなってもらうしかない。ああなりたくなかったらな」

「そういうことよ、聞いてる?」

小夜は、白虎の平らな額をぺちぺちと叩いた。

『聞こえてるし、知ってる』

白虎の喉からは、唸《うな》り声《ごえ》とともに晴明《せいめい》の声が聞こえてきた。

『前にも確認したが、やはりなにひとつ残しては駄目なのか？　少しぐらい、研究材料として残しておけばいいものを』

「正直言うと、そこは俺にもわからん」

困った顔で、征十郎は髪を掻《か》いた。「どの程度がこの世界に干渉するのか、はっきりしてない。だから、可能な限りその存在を消し去ったほうがいいとしか――」

「もしかして、もうすでにこの世界は変わってしまってるのか」

十兵衛のその指摘に、征十郎の足が止まった。

振り返り、十兵衛を見据える。

言葉はない。

それでなにかが伝わったのだろうか。

「――なら、俺はこちらの船へ行く」

そう言って、十兵衛は歩いて行く。その足取りに、迷いはなかった。

与一と晴明も、それぞれが目星をつけた宙船《そらふね》へと向かう。

征十郎と小夜は、フィーアのところへ戻った。彼女はそこで、立ち尽くしている。すでに、彼女を摑《つか》んだ巨大な手は跡形もない。

ふたりが近づいていくと、彼女は振り返った。

表情に乏しいのは変わらないが、どこか安堵《あんど》したようにも見える。

それから深々と、頭を下げた。

「大変、ご迷惑をおかけいたしました」

「なにがあったのか、覚えてるのか」

彼女は頷く。

「五感は正常に働いていました。ですが、自律行動に制限がかけられていてなにもできませんでした」

「一時的な機能制限か」

それを聞いた征十郎《せいじゅうろう》は、少し安心したようだった。最悪、記憶を消去されている可能性もあったからだ。

「なんで解けたのかしらね」

「それはもう、機左右衛門《きざえもん》に調べてもらうしかないな」

すると小夜は、あからさまに顔を顰《しか》め、まるで逃げ出すように足早に進み始めた。

征十郎は葉巻を咥えた口もとに苦笑いを浮かべながら、そのあとを追う。

しばらく進んでから、フィーアがついてきていないことに気がついた。振り返ると彼女は、小型の鞄《ベルトポーチ》から取り出した包みを開けている。中に入っているのは、征十郎が買い与えた櫛《くし》だ。

「壊れてしまいました」

征十郎が近づいていくと、両手でそれを差し出した。櫛が真っ二つに割れ、歯も折れてしまっている。須佐之男命《すさのおのみこと》の手が、彼女を摑んだときだろう。

「おまえが無事だったんだ。身代わりになったと思えばいい」

「はい」

征十郎はまた買ってやる、と言ったが、彼女は首を横に振ってその櫛を大切そうにしまい込む。

「でも――」

小夜へ追いつくために足を速めながら、フィーアが呟く。

「潰されるとは、思いませんでした」

それは、どちらともとれるような口調だった。

征十郎はしばらく考えたあとに、「そうか」とだけ返事をする。

三人が向かったのは、町外れに墜落した二隻の母船だ。

近づいていく彼らを、巨大な女の顔が出迎える。美しい顔だったはずだ。しかし、唇は自らが放つ光で肉も骨も削《そ》ぎ落とされ、その上、縦に断ち割られて見るも無惨な様相を呈している。彼女から流れ出た血と体液が辺り一面に広がり、異臭を放っていた。

「ちょっと、あれ」

口もとを袖口で覆った小夜が指さしたのは、その液体の中に俯《うつぶ》せで倒れている人間だ。全身を一枚の布でぴったりと包み込むような奇妙な服に、頭部全体を覆う大きな兜《ヘルメット》、そして背中には背嚢《バックパック》を背負っている。

武器は、帯革《ベルト》に吊《つる》してある五寸ほどの黒い棒と、拳銃嚢《ホルスター》に収められた小型の銃器、そして倒れたときに取り落としたのか、傍らに小銃らしきものが沈んでいた。

死んでいるのは、明らかだ。

肩口から斜めに走る刀傷が、腹部付近にまで到達していた。流れ出た血はすべて、女の体液の中に流れ出てしまっている。

死体は、それだけではない。

辺り一面に、同じような格好の人間——間違いなくこの船の搭乗員——が、絶命して倒れていた。

「海上自衛隊」

最初に見つけた死体を眺めていた小夜が、言った。

「うん?」

傍らを通り過ぎようとしていた征十郎が振り返ると、小夜は、死体の破れた服を裏返していた。

「ここに書いてある。海上自衛隊。一等海尉——は、なんだろ? 永倉新八《ながくらしんぱち》、これが名前かな」

服の裏にあった札《タグ》を読み上げてから、小夜《さよ》はびっくりした顔で征十郎を見上げた。「え、日本人？」

「――中に入ろう」

墜落の衝撃で、船体は酷《ひど》く損傷していた。内臓に似た外壁は爆《は》ぜ割れ、飛び出した骨格が粉々になって辺りに散乱している。時折、裂け目から垂れ下がる腸のような器官から、黄土色の液体が吐き出されていた。

船とはいってもあまりに形状や機能が違いすぎて、いわゆる扉に当たるものが存在するのかさえ、不明だ。

場合によっては、船体の裂け目からの侵入も考慮しなくてはならない。そしてそれは、船の内臓をかき分けて進まなくてはならないということだ。

だから、四角形の空間が目に留まると、小夜などは明らかに喜んでいた。

征十郎が、打刀を手に先頭を進む。

船内は、外壁ほど醜悪《グロテスク》ではなかった。床や壁、天井の質感は、ざらざらとした爬虫類《はちゆうるい》の皮膚を思わせる。電力が生きているのか、明かりもあった。頭上と足下の照明が、時折ちらつきながらも征十郎たちの行く手を照らしてくれる。

通路にも、死体はあった。

首を切断された屍《しかばね》が、通路の壁にもたれかかっている。その手は、小銃を握ったままだ。周りを見回せば、弾痕が無数にある。これだけ撃っても当たらなかった、あるいは当たっても効果がなかった、ということだろうか。

通路の左右にいくつも部屋があったが、生きた人間の気配はない。やがて、いくつもの通路が延びる大きな空間へ出た。

「なんか、私たちのやることなにもないわねえ」

小夜が、呟《つぶや》く。

その空間でも、激しい戦闘が行われたようだ。搭乗員の休憩室《ラウンジ》と思《おぼ》しきその場所には、寛《くつろ》ぐための大きめの長椅子《ソファ》や机《テーブル》が並べられ、観葉植物なども置かれていたらしい。軽食や飲み物を提供する食堂《カフェテリア》もある。

そのすべてが、破壊されていた。

施設の大半は、墜落の衝撃で損壊したようだ。食堂は天井が崩落したせいで大量の瓦礫に埋《うず》もれ、剝がれ落ちた壁が長椅子や机を押し潰している。休憩室全体が圧力に負けて歪《ゆが》み、足下も波打っていた。

だが、そこに累々と横たわる屍は、その殆《ほとん》どが惨殺されている。外傷がなく絶息しているのは、ひとりかふたり——おそらく、墜落時に頭を強く打ったのではないだろうか。

休憩室の床といわず壁といわず、至るところに鮮血が飛び散っていた。

その血を穿《うが》つが如《ごと》く、弾痕もまたありとあらゆる箇所につけられている。

三十人以上の搭乗員が、斬り殺されていた。

手や足、頭、肉片、臓器などで足の踏み場もない。

そしてその血だまりの中から、一番大きな通路へと赤い足跡が続いていた。

征十郎は無言で、そちらへ向かう。

出会うのはすべて、死体だ。

やがて通路の正面に、扉が現れる。血の足跡は、そこへ消えていた。

征十郎は、打刀の刃を小夜に向ける。彼女は無言でその刃に触れ、自身の血で濡《ぬ》らした。

「妖魔になってから喰《く》らう人の魂は、桁違いに能力を上昇させる」

扉の向こうに誰がいるか、彼らはわかっていた。

「手強《てごわ》いぞ」

「大丈夫よ」

小夜が、自信満々に言い放つ。「なんてったって、私がいるんだもの」

「頼りにしてるさ」

征十郎は笑い、そして扉の前に進み出た。

自動で、開く。

もはや嗅覚が麻痺《まひ》しているが、それでも濃厚な血の臭いが顔を打つ。

そこは、指揮所のようだった。

正面に巨大な画面《モニター》が設置され、その周囲には小さなものが無数に並んでいる。

「やあ、待ちかねたぞ」

そこでふたりを待ち受けていたのは、彼——妖魔と成り果てた由井《ゆい》正雪《しょうせつ》だった。

拾伍

一番奥にある巨大映写幕《スクリーン》の前に座っていた正雪は、ゆらりと立ち上がった。

全身、血でずぶ濡れだ。小袖は銃撃によって穴だらけになり、しかし、本人は平然としている。

「稀人《まれびと》はどんなものかと楽しみにしていたが――」

彼は、肩に担いでいた小銃を放り投げた。「こいつら、同じ人間だな」

「ああ」

征十郎は、その部屋の一番高い位置にある席へ向かう。そこに座っているのが、恐らくはこの船の艦長だろう。

彼も、搭乗員たちと同じ服を着て、兜で頭部を覆っていた。

心臓を一突きにされ、息絶えている。

征十郎は、兜を脱がせた。

現れたのは、人間ではなかった。

小夜は、眉をひそめる。

「人間だ」

征十郎は、手にした兜を足下に放り投げる。

艦長らしき男の頭部は、一見、人間には見えない。赤い臓器の塊だ。その中央には、寒天のような透明の半球状の物体があり、その中に脳が収まっている。その寒天からは、細長い繊維が無数に飛び出し、頭部を覆っていた。

目も鼻も、口もない。

「そいつは、山本五十六《やまもといそろく》、階級は海上幕僚長——海上自衛隊の最高司令官だそうだ」

正雪が、村正の切っ先を向ける。「稀人の親玉だな。——だった、と言うべきか」

「その自衛隊ってなんなのよ」

小夜のそれは人にものを訊《き》く態度ではなかったが、正雪はかすかに苦笑しただけで咎《とが》めようとはしなかった。

「いまから四百年ぐらい先の、この国の軍隊だ」

「はあ？」

小夜が、素っ頓狂な声を出す。

「つまり私たちは、未来の日本に侵略されたっていうの？」

「そういうことだ。愉快な話じゃないか」

正雪は、にたりと笑う。「数百年後も、我らは戦っている。素晴らしいことだ」

「馬鹿じゃないの」

呆《あき》れたように頬を歪める小夜の傍らで、征十郎《せいじゆうろう》は、男の頭にある透明の物体を指さした。

「これは、もしかして禍魂《まがたま》か」

その言葉に、小夜はあまりまじまじと見ていなかった男の頭を見やる。その眼差《まなざ》しは、胡乱《うろん》げだ。

「——違うんじゃないの？」

「模造品だ」

正雪が、自分の腹を撫《な》でながら言った。「東印度《インド》会社のものに比べれば、随分と精巧にできているがね」

「もしや、みんなこうなのか」

「多かれ少なかれ、な」

征十郎は辺りを見回した。先ほどまでは注視しなかったが、頭が割れて絶命しているひとりを見てみると、確かに、兜の切断面から透明の物体がこぼれ落ちている。

「模造品なら後天的なもんだろうし、だとすると、なんらかの傷病のためか——」

「あるいは、そうせざるを得ない環境だった、か」

征十郎の呟きを、正雪が引き取った。

「まあ、この船とこいつらの風貌を見れば、考えるまでもないだろう」

「侵略の目的も、それだと？」

純粋な禍魂が枯渇し、模造品のみが流通した未来——その結果が、この異形なのか。

彼らは禍魂を求めて、やってきたのだろうか。

「それも、あるだろうな」

正雪は、ずらりと並ぶ機器のひとつに近づくと、慣れた手つきでそれを操作した。

前方の巨大な映写幕に、なにかの情報《データ》がずらりと表示される。

映像もあった。

映っているのは、征十郎と小夜、そしてフィーアだ。

穢土《えど》で撮られたものではないだろう。

三人の容姿は変わっていないが、まず服装が違う。

稀人たちが着ているものに近い。身体《からだ》に張りつくような素材の服で全身を覆い、丈の短い上着《ジャケット》に手袋《グローヴ》と長靴《ブーツ》、背中には背嚢《バックパック》だ。

武装も、違う。

征十郎の腰には大小が提げられているが、背中に大太刀はない。大腿部の拳銃嚢《レッグホルスター》に収められているのは、回転式火縄銃《マッチロック・リボルバー》ではなく大型の自動拳銃《オートマチック》だ。その手には、突撃銃《アサルト・ライフル》が握られている。

小夜《さよ》が手にしているのは、短機関銃《サブマシンガン》だ。帯革《ベルト》には、大量の予備弾倉が吊《つ》り下げられていた。腰の後ろには、小太刀を横向きに差している。

フィーアは、小夜が小太刀を差している位置にいまと同じく短剣を交差させて固定していた。両手で抱えているのは、狙撃銃《スナイパー・ライフル》だ。機巧《からくり》人形だからか、背中の背嚢が他のふたりよりも大きい。

三人の姿は、上空から撮影されていた。

その背景が、違う。

彼らがいるのは、廃墟《はいきょ》と化した町だ。乱立する高層建築物の大半は崩壊し、傾き、あるいは焼け落ちている。街路は陥没し、割れ、積み重なった瓦礫《がれき》でまともに通行できなくなっていた。

災害、あるいは激しい戦闘によって完膚なきまでに破壊されている。

だが、破壊されていなかったとしても、この時代の人間が見れば顔を顰《しか》めただろう。

高層建築物は、宙船《そらふね》と同じく、まるで屹立《きつりつ》する腸《はらわた》だ。

外壁は赤黒い内臓そのもので、崩れた瓦礫は割れた、というよりも引き千切れた、と形容するほうがふさわしい。

それらはまだ、脈動するかのように蠢《うごめ》いている。

街路の表面は、ぶよぶよとした水疱《すいほう》に覆われていた。三人は、その上を歩きにくそうに進んでいた。陥没した道の底には、胆汁のような黄褐色の液体が溜《た》まっている。異臭を放っているのか、小夜が口もとを押さえて遠回りしようと手振りで主張していた。

だがそこで、フィーアが散弾銃を斜め上へ向けて撃ち込んだ。

そこには、なにもいない。

いや、いる。

斜めに傾《かし》いだ建築物の外壁に、なにかがへばりついていた。

その姿は背景に溶け込み、視認することができない。

光学迷彩だ。

全身を液状の被膜――電磁人工素材《メタマテリアル》が覆っている。それが光を透過させることにより、景色に溶け込んでいた。

その背中を散弾が強打すると、着弾の衝撃が人工素材に負荷をかけ、光の屈折率が変化する。

現れたのは、人間の姿形だが腕が六本ある異形だった。

二丈《六メートル》以上を落下したそれは、着地と同時に低い姿勢で瓦礫の陰へ移動した。その軌道を、征十郎の突撃銃が追う。弾丸が道の水疱を破裂させ、中から黄ばんだ煙が噴き出した。

それを背に、小夜が反対側の路地へ短機関銃を向ける。

映像にはなにも映っていないが、彼女はそこへ弾丸を叩《たた》き込んだ。

火花と色彩が、六本腕の姿を格子状に象《かたど》る。連続して撃ち込まれる銃弾に、異形の姿はよろめいた。

小夜はさらに前進しながら、銃撃する。被膜には防弾耐性があるようだったが、同じ箇所へ集中的に着弾させると、それも限界に達した。

被膜が破れ、鉛の弾は異形の右胸を貫く。

異形は、透明の人工素材と白濁した液体をばらまきながら、仰向《あおむ》けに倒れた。

割れた胸部からのぞくのは、人工臓器と鋼の骨格だ。

その直後、またしても姿を消そうとした最初の一体を、小夜の散弾銃が仕留める。連続した散弾の打撃力に、被膜に包まれていた頭部が木っ端微塵《こっぱみじん》になった。中に収められていた電脳《コンピュータ》が、細かな破片となって街路の上で跳ねる。

征十郎が、周囲を指してなにかを叫んだ。

異形の姿に、囲まれていた。

二十体近くはいるだろうか。

征十郎たちは怯《ひる》まず、彼らに対して銃弾を叩きつけていく。

「――なによ、これ」

自分ではない自分が動き回る映像に、小夜は眉根を寄せる。

「未来の、わたしたちでしょうか」

フィーアが、淡々と言った。四百年後から来た船にあった情報なのだから、そう考えるのが当然だろう。

だが小夜が言いたかったのは、そういうことではない。

「こいつらの狙いは、俺か」

征十郎は、唸《うな》るように呻《うめ》く。

「そう、高天原《たかまがはら》だ」

正雪《しょうせつ》は、自分の顔を斜めに指でなぞった。征十郎の傷と、同じ位置だ。

「こいつらの狙いは、高天原への侵攻だ。神の国を、蹂躙《じゅうりん》するつもりだったらしい」

嘲り、というよりも呆れた、といった感じの正雪の言葉を耳にしながら、征十郎は映写幕の情報に目を走らせていた。

確かに、彼の言うとおりだ。

稀人は、世界の歪《ひず》みが現れる場所と日時、時間を予知する技術を持っていた。

そしてそのときに備えて、一軍を用意していたのだ。

彼らが現れたとき、小型船が真っ先に征十郎を狙ったのは偶然ではなかったらしい。

「誰も彼もが、天の国を目指す」

暗に、一時協力関係にあった東印度会社をも揶揄《やゆ》するように言って、正雪は大仰に肩を竦《すく》めた。

「まあ結局は、天国にも地獄にも行けず、わたしに喰《く》われてしまったがな」

正雪は、双眸《そうぼう》を細める。その不遜な態度の裏には、多くの魂を喰らったことによる自負があった。

征十郎は幾度か、魔神と化した妖魔に出会ったことがある。刃を交えたこともある。

眼前の由井《ゆい》正雪は、少なくともまだ妖魔の範疇《はんちゅう》にあるが、その神性が限りなく魔神のそれに近づいていることは肌でわかった。

「おまえは、興味がないのか」

征十郎は、彼に近づいていく。

「高天原か？　ないな」

正雪は、即答した。

「わたしは、人から生まれたものだ。人のいるところでしか存在できない。知っていると思ったがね」

「知っていたが、面と向かって訊いたことがなかったからな」

征十郎は、足を止めた。

あと一歩、踏み込めば、間合いの内側だ。

「人の中でしか生きられず、しかし、人を喰らうことを止められない。――因果な存在だな」

征十郎の眼差しには、憐《あわ》れみすら浮かんでいた。「人の魂を喰らうこと以外に、生きる標《しるべ》はないのか？」

「馬鹿を言うな、須佐《すさ》征十郎」

正雪は、声を出して笑った。

「そんなもの、人間だって持ち合わせちゃいないだろう」

征十郎は少し考えたあと、少しばつが悪そうに後頭部を掻《か》いた。

「まあ、そうか」

「そうだとも」

正雪は頷《うなず》き、村正を静かに構えた。

征十郎も、打刀を構える。

「だが、それでも政府転覆を完遂しようとしたのはどうしてだ？」

「──わからんよ」

摺《す》り足《あし》で、正雪がわずかに進み出る。その口の端が、苦い笑みに歪《ゆが》んだ。「もしかしたら、祟《たた》られたのかもな」

「祟りを舐《な》めるなよ」

呟《つぶや》いたのは征十郎ではなく、小夜だ。

彼の傍らを、凄《すさ》まじい速度で駆け抜ける。

そして、一気に跳びかかった。

猛然と正雪のふところへと飛び込んでいき、その喉を狙う。彼は身体を反らして躱《かわ》すが、
鋭い爪は首の皮と肉を削る。血飛沫《ちしぶき》が散った。

正雪は大きく仰《の》け反《ぞ》った姿勢から、刀を片手で振り上げる。その刃は、小夜の股間へと吸い込まれた。彼女は踏み込んだ足で、床を蹴る。身体を横へ回転させ、刀の軌道から逃れ出た。

振り上げた刀を、正雪はすぐさま振り下ろしていく。着地した小夜の背中は、がら空きだ。

その斬撃と交差するように、銃弾が彼の胸部に突き刺さる。

着弾の衝撃で、蹈鞴《たたら》を踏んだ。

そのふところへ、フィーアが飛び込んでいく。至近距離から、弾倉に残っている弾丸をすべて、正雪の腹部に撃ち込んだ。撃ち終わった瞬間、素早く拳銃嚢《ホルスター》に拳銃を戻し、腰の後ろに固定してある二振りの短剣を握る。

引き抜き、頭上で交差させた。激突したのは、正宗だ。その一撃の重さに、フィーアの肩が軋《きし》む。膝を突いた。

だが不意に、それがなくなる。

正雪の身体《からだ》が、真横に吹っ飛んでいた。くの字に曲がった身体は小型の画面に衝突し、粉砕し、破片を辺りにばらまく。

小夜の、蹴りだ。

蹴り飛ばされた正雪は、特に痛痒《つうよう》を感じた様子もなく、破壊した画面に埋もれた身体を起こした。

そこへ、征十郎《せいじゅうろう》の打刀が振り下ろされる。

正雪は、上へ逃れた。

背中を壁に張りつけ、するすると登っていく。

跳躍したのは、小夜だ。

高い天井付近まで逃れた正雪へ、弾丸の如《ごと》く跳びかかる。

その踵《かかと》が、指揮所の壁を陥没させた。重い鐘でも叩いたような轟音《ごうおん》が、響き渡る。寸前で空中に逃れていた正雪だが、そこへ銃弾が浴びせられた。フィーアの腕に内蔵された機銃だ。拳銃より遥《はる》かに強い打撃力が正雪の身体を打ち据え、肉を、筋肉を、骨を削り取る。

落ちるその身体を、征十郎が待ち受けていた。

それを睨《ね》めつける正雪の双眸が、怪しく輝く。

征十郎には、空間が歪《ゆが》んだように見えた。

その視界が、暗転する。

光が戻った瞬間、飛び込んできたのは正宗を振り上げて肉迫してくる正雪だった。

咄嗟《とっさ》に打刀を持ち上げて斬撃を受け止めたが、そこで初めて、自分が壁を背に倒れていることに気づく。踏ん張りがきかない。正雪の振り下ろしの一撃は打刀を押し込み、征十郎の肩に刃を喰い込ませた。

そこへ後ろから、小夜《さよ》とフィーアが襲いかかってくる。先行したのは小夜だ。低い姿勢で駆け寄ると、正雪の足下を刈るような蹴りを放つ。

正雪は跳躍でそれを躱したが、それをフィーアが狙っていた。機銃で、狙い撃ちにする。

またも、空間が歪んだ。

征十郎は見た。

機銃の弾丸が、空中に静止する。フィーアの身体が、見えない力に殴打された。床で跳ね、転がり、反対側の壁に打ちつけられる。自分もあの力で吹き飛ばされたのだと、征十郎は理解した。

神通力だ。

軽やかに着地する正雪に、小夜が身をひるがえして突撃する。

「うん」ふと、正雪が頷いた。

小夜はその首を掻き切るべく、鋭い爪を叩きつける。

その腕が、切断された。撥《は》ね上げた村正は、そのまま弧を描き、彼女の両足を横薙《よこな》ぎに斬り払う。小夜の身体は宙を舞い、そこへ正雪は切っ先を突き入れた。彼女はその刀身を残った手で握り込むが、止まらない。そのまま刀は、小夜の右肺を刺し貫いた。切っ先が背中を突き破り、艶やかな黒髪の間から顔を出す。

「さっき喰らった魂が、ようやく馴染《なじ》んできたよ」

誰にともなく呟くその顔に、小夜は刀身を握って血まみれの指先を伸ばす。正雪は刀で貫いた彼女の身体を、そのまま床に叩《たた》きつけた。刀は床に突き刺さり、彼女を縫い止める。

「おまえの魂は、どんな味だろうな」

「やめとけ」

征十郎は、言った。

すでに正雪の間合いに踏み込み、打刀を横薙ぎにしている。相手が人間であれば必殺の時機《タイミング》だが、これにも正雪は反応した。

村正を引き抜いて受け止め、流し、撃ち込んでくる。征十郎がそのまま打ち合おうとしていれば、反撃の切っ先を喰らっていたかもしれない。

征十郎の目的は、小夜だった。攻撃を捌《さば》かれながら、彼女の襟首を掴《つか》み大きく飛び退《すさ》る。

「こいつの魂なんて喰ったら、間違いなく腹を壊すぞ」

征十郎がそう言うと、正雪より先に小夜の手が太腿《ふともも》を叩いてきた。

「まあ、こんなんだから、逆に喰われちまうかもな」

「それは素晴らしい」

正雪は、刀の切っ先を征十郎に向けた。「きっと、これまでにないほど美味に違いない」

そして、床を蹴る。

速い。

蹴られた床の砕け散る音が鼓膜を打つより早く、刀の切っ先が征十郎の胸部へと突き立っていた。

刀身は左肺を削り、心臓を掠《かす》めて駆け抜ける。

征十郎は咄嗟に、両手で刀身を挟み込んだ。

刀を捻《ひね》られただけで、心臓が裂ける。

正雪はにやりと笑い、両手で握った柄《つか》に力を込めた。

小夜は、残った左手で床を這《は》い、正雪の足首を摑んだ。渾身《こんしん》の力で、筋肉と骨を握り潰していく。人間なら激痛に立っていられないだろうが、妖魔は違う。邪魔だとばかりに、潰された足で小夜の顔に踵を叩き込んだ。

その一瞬だった。

フィーアの放った短剣が、正雪の後頭部めがけて投擲《とうてき》される。彼は躱せたかもしれないが、そうすることで征十郎に逃げる隙を与えてしまう、と判断した。

逃げずに、喰らう。

痛覚がなく、強力な自己再生能力を持つ妖魔ならではの判断だ。

しかし、再生するとはいっても、そこにわずかな機能的空白が生じる。短剣が抉《えぐ》ったのは、後頭部にある小脳だ。これが破壊され、機能を回復するまでの数瞬、正雪《しょうせつ》の運動機能が麻痺《まひ》した。

征十郎は、まっすぐ後ろに飛び退り、身体から村正を引き抜く。

正雪は身体機能が回復するや否や後頭部の短剣を引き抜き、征十郎に投擲した。狙いは正確に、喉もとだ。刀身を挟み込むため、打刀は手放している。素早く引き抜いた脇差しで、撃ち落とした。

正雪は投擲した直後に、身をひるがえしている。前傾姿勢で、フィーアへと肉迫した。彼女もまた、前進する。

征十郎は、正雪の背中を追った。

フィーアは、手の中に残った短剣を至近距離で投擲する。受けるか躱すか、二択の行動を迫る一手だが、正雪は当たり前のようにそのまま突っ込んでいった。短剣は、彼の胸に突き立ち、肋骨《ろっこつ》を切断して肺に刺さる。だが、彼の動きにはほぼ影響がない。短剣を投げきった直後のフィーアへと到達し、振り上げた刀を彼女の頭部へと叩きつけた。

その喉を、鋭い刃が貫く。

フィーアの、短剣を投擲した右腕から飛び出した剣身《ブレード》だ。この不意打ちに、彼の斬撃がわずかに狂う。フィーアの頭ではなく、肩に激突した。

そのまま一気に、切断する。

彼女の身体を斜めに突き進んだ一刀は、そのまま脇腹から抜けた。

半身が、その場に崩れ落ちる。

正雪の喉を貫く刃に支えられ、上半身が宙に浮いている状態だ。

その喉を背後から、征十郎の脇差しが切断する。支えを失ったフィーアはそのまま落ちていくが、それを征十郎が掴み取り、小脇に抱えて横っ飛びに身を投げ出した。

頭を失った正雪の身体が、村正を横殴りに叩きつけてきたからだ。

「あとはおまえだけだ、須佐征十郎」

床に落ちた正雪の頭が、含み笑いを漏らす。「おまえの魂は、特にゆっくりと味わうとしよう」

征十郎はフィーアをそっと横たえると、首なしの正雪に向き直った。

打刀を、鞘《さや》に戻す。

そして、大太刀の柄を握ると下緒《さげお》を解《ほど》いた。

「おまえにこれ以上、魂を喰《く》らわせるわけにはいかないな」

鞘から抜かず、大太刀を肩に担ぐ。その顔の傷が、赤光を放ち始めた。

「征十郎！」

真っ先に、小夜が反応した。「駄目よ、いまの私じゃ、役に立たない」

「わかってる」

征十郎は、微笑《ほほえ》む。

その表情に、小夜はなにを感じ取ったのか。

「ちょっと、馬鹿なことは考えないでよ」

「こいつはもう、魔神といっても差し支えない神性を得た」

赤く輝く双眸《そうぼう》で、征十郎は正雪を見据える。傷跡から広がる赤光は、頭部から喉を通って全身へ広がり始めていた。

「危険すぎる。ここで、叩くしかない」

「だとしても、やるべきじゃないわ」

「わたしも、同意見です」

そこへフィーアも、口を添える。「いったん退いてから、他の方々の助力を乞うべきです」

「わたしも、それを勧めるね」

切断された頭部を拾いあげながら、正雪もそう言った。「まあ、ここでじっと待ってるとは約束できないが」

「余計なことを言うな!」

小夜が怒鳴りつけると、正雪は小さく肩を震わせて笑った。

「まあそもそも、こちらが逃走を許すかどうかの話にもなる」

彼の言葉は、傲慢さからではない。

事実、小夜とフィーアを連れてこの場から逃走を図る、その成功率は極めて低いと征十郎は踏んでいた。

かといって、ふたりを置き去りにした場合、正雪はさらなる魂を得て力を増すだろう。

いずれにせよ、やるしかない――それが、結論だった。

「ああ、もう」

忌々しげに、小夜が呻《うめ》いた。

「いいわ。ただし、私も一緒よ」

小夜の身体《からだ》の輪郭が、崩れ始めた。「一緒に行く」そして黒い液体状になり、征十郎のもとへ向かう。

それを見た正雪が、動いた。

征十郎と小夜の合流を阻むため、小夜へ跳びかかろうとする。

そこへ、赤い光が奔《はし》った。

正雪の動きが、停止する。その足には、赤い輝きが絡みついていた。征十郎の顔の傷から生じた、世界の亀裂だ。それが身体を下り、床上を這って正雪の肉体を完全に固定していた。

征十郎《せいじゅうろう》は、重い足取りで彼へと向かう。顔の傷は、次第にその幅を広げ始めていた。

「これは、神通力ではないな」

正雪が、驚愕《きょうがく》しながらも興奮を隠しきれない口調で言った。「神に通じる力、などではない。神そのものの力じゃないか」

「おかげで、持て余し気味だ」

征十郎の戯《おど》けた表情が、縦に割れていく。

割れた顔の縁に、巨大な指先がかかった。征十郎の巨軀《きょく》が、揺らぐ。膝が震えて、いまにも頽《くずお》れそうだ。

それでも一歩、一歩と正雪に近づいていく。

その足下には、小夜が躙《にじ》り寄っていた。征十郎の足に絡みつき、背中を這い上がり、頭部へと登っていく。

「悪いな」

「本当《ほんと》に」

小夜は黒い身体を指のように広げ、征十郎の顔を覆っていく。

「神を封じるには神、というわけか」

正雪は、興味深げに観察している。

だが、おとなしくしているわけではない。

その身体が、赤い呪縛に逆らい動き始めていた。

彼の双眸が、黄金の輝きを宿す。

血が、飛沫《しぶ》いた。

正雪の皮膚が破れ、肉が刮《こそ》げ、筋肉が千切れていく。

村正を握る右腕が、血まみれになりながら持ち上がった。空間に固定する赤い亀裂から、強引に腕を解放する。

骨まで見えるほど深い傷は、普通なら動かせなくなるだろう。

だがその傷も、妖魔であれば凄《すさ》まじい速度で修復される。

彼はそのまま、全身を世界の亀裂から引き剥がしていった。

人間なら失血死するほどの鮮血が、辺り一面に飛び散る。痛みで、失神することもない。

顔の半分が肉と眼球ごと持って行かれても、彼の無事なほうの頬には笑みが浮かんでいた。

「では、神の軛《くびき》を抜けたわたしもまた、神なのだな」

「それはただの力任せっていうんだよ、阿呆《あほう》」

征十郎は憎まれ口を叩いたが、実際のところ、正雪の神性はすでに魔神の域にある。でなければ、世界の理《ことわり》に干渉する須佐之男命《すさのおのみこと》の力に逆らえるはずがない。

一刻の猶予もなかった。

征十郎は、歯を食いしばり、正雪へ近づいていく。

「まあ、神を名乗りたいなら勝手にしろ。もう八百万もいるんだ、ひとりぐらい増えたって誰も困らないだろうよ」

正雪は、声を上げて笑った。裂けた喉から、血が迸る。

「そこまで傲慢で身の程知らずではない、と思いたいな」

笑った拍子に身体の均衡が崩れたのは、全身の筋肉や肉が削《そ》ぎ落とされているからだ。修復される、とはいえ、ここまで全身が損壊しているとその速度にも陰りがある。

「それに神は、名乗るようなものではないだろう？」

「いいさ」

征十郎は、苦痛で歪《ゆが》みそうになる顔に、むりやり笑みを浮かべた。

「すぐにいなくなる一柱《ひとはしら》ぐらい、名乗っても罰《ばち》は当たらないだろうよ」

「罰か」

いまや腕から流れ出る血で、村正の刀身は赤く染まっている。それを両手で構えながら、正雪は首を傾《かし》げた。

「誰が、神に罰を当てるんだ？」

「さあな」

重そうに大太刀を引き摺《ず》る征十郎は、ふと、苦渋の中に楽しげな表情を浮かべた。

「もしかしたら、神でも人間でもない誰かかもしれないな」

「うん？」

正雪《しょうせつ》が、眉根を寄せた瞬間――

そのこめかみに、剣身《ブレード》が突き刺さった。

フィーアの右腕から飛び出していた剣身は、射出が可能だったらしい。

横殴りの衝撃に、正雪は蹈鞴《たたら》を踏んだ。さすがに頭蓋を貫通する損傷は、彼の思考を一瞬、奪い取っていた。

征十郎は、前のめりに倒れるような勢いで前進する。

正雪は目を瞬《しばた》かせ、村正の柄《つか》から手を離した。頭に刺さった剣身を、引き抜こうとしたのだろうか。

そこへ、赤く輝く大太刀が襲いかかった。

正雪は素早く村正を握り直したが、撃ち込まれる刃に反応するのがほんのわずかに、遅れる。

その左前腕を、大太刀は切断した。

右手は村正を持ったまま弾《はじ》き返され、彼自身も大きく後退する。

征十郎は、まっすぐ踏み込んでいった。

この直線的な追撃に対して、正雪は不安定な体勢から村正の切っ先を突き込んでくる。

それは、世界の亀裂を貫いた。

すでに征十郎の頭部は完全にふたつに割れ、それは胸、腹へと続いている。小夜《さよ》がそれを抑えているが、もうあとわずかで彼の身体は完全に分かたれるだろう。

その亀裂を貫通した刺突に、手応えはない。

正雪が顔を強《こわ》ばらせた瞬間、大太刀は彼の右手を肘で切断していた。

村正は足下の床に転がり落ち、しかし正雪の身体は倒れない。

亀裂から飛び出してきた巨大な掌《てのひら》が、彼を鷲掴《わしづか》みにしたからだ。

地響きのような唸《うな》り声《ごえ》が、亀裂の奥から聞こえてくる。その声に指揮所全体が小刻みに震え、壁は剝がれ落ち、天井が軋《きし》んだ。

正雪の喉が、苦鳴のような吐息を漏らす。巨大な指に握り込まれ、肺が押し潰されたのだ。

彼は、見た。

世界の亀裂からこちらをのぞき込む、鈍く光る双眸を。

その深紅の瞳に見据えられた正雪の全身が、弛緩《しかん》する。

肉体の修復が、止まった。

彼の目から、黄金の光が消えていく。

「――なるほど」

囁《ささや》くような言葉が、血とともに流れ出る。

人を斬り続けることで妖《あやかし》となり、人と同化して妖魔となり、ひとの魂を喰《く》らい続けて魔神へと到達した正雪は、なにを思ったのか。

「これが、これこそが神か」

嘆息は、自身の血の中に沈んでいく。

だがそこに、絶望や悔恨があるわけではない。

もはや頭を持ち上げる力すら残されていないのか、項垂《うなだ》れたまま、征十郎を見やる。

「――実に、楽しかった」

由井《ゆい》正雪は、満足げに言った。

「また会おう、須佐《すさ》征十郎。高天原《たかまがはら》で待ってるぞ」

「待たなくていい」

征十郎は、素っ気なく言った。

「さっさと虫かなにかに生まれ変わってろ」

これに正雪は、微苦笑を浮かべた。

そしてその身体は、須佐之男命に摑《つか》まれたまま、世界の裂け目へと消えていく。

征十郎は、膝を突いた。

そのまま前のめりに倒れそうになるが、どうにか手を突いて堪《こら》える。

小夜は限界まで身体を伸ばし、いまにも裂けそうな彼の肉体の保持に必死だ。

「諦めたら、許さないから」

「耳もとで叫ぶな、うるさい」

征十郎は食いしばる歯の間から、微《かす》かに笑みをこぼす。その手に握った村正を、渾身《こんしん》の力で持ち上げる。

切っ先は、自分に向けていた。

「俺が死ねば、亀裂は閉じる。万が一の場合は、任せたぞ」

「いやよ」

小夜は、きっぱりと言い放つ。

妖刀の柄を両手で握りしめた征十郎は、眉根を寄せた。

「おまえじゃないと無理なんだ。駄々をこねるな」

「いやったら、いやよ」

頑として、小夜は譲らない。

「こいつを、こちら側に出すわけにはいかないんだ」

征十郎の声には、焦慮があった。村正を握る手は、激しく震えている。

身体の亀裂からは、巨大な眼球がこちらを見ていた。

のぞき込んでいる。

こちら側を観察した巨大な目が、細められた。

嗤《わら》ったのだろうか。

「小夜」

征十郎の言葉は嗄《しわが》れ、ひび割れていた。

「この世界を――」

「そんなの知ったこっちゃないわ」

小夜は、征十郎の手に巻きついていき、柄を握る征十郎の手に重なった。

「ほら、つまんないことばっかり言ってないで、しっかりなさい」

震える征十郎の手を包みながら、小夜は小さく笑った。

「私がいるから大丈夫、って言ったでしょ。ちょっとは相棒を信じなさいよ」

そう言われた征十郎は、小さく溜息《ためいき》をついた。

「たまにはこっちの言うことも聞けよ、相棒なんだろ」

「あとで聞いてあげる。いまは駄目」

小夜の口調は、優しいが厳しい。

征十郎の意思と反して、刀を握る手が動く。

そこに至り、彼の顔から迷いが消えた。

「わかったよ」

「よろしい」

征十郎《せいじゅうろう》は、笑う。

そして、握った村正を力の限り、自分の顔面に突き立てた。

切っ先が貫いたのは、巨大な眼球だ。

世界が、弾けた。

それは、それほどの衝撃だった。

征十郎の意識は破裂し、五感を失い、しかしそれでもなお、状況を把握する。

妖魔となった妖は、それでもなお、自身の器からは離れられない。喰らった魂は器に蓄積され、咀嚼《そしゃく》され、妖魔となった人間へと還元されるが、器には魂のかけらが残る。それは怒りであり、憎しみであり、呪いであり、祟《たた》りだ。

ときにそれは、高い神性を誇る付喪神《つくもがみ》をも凌駕《りょうが》する。

性質は禍津神《まがつかみ》と同じであり、そしてそれは、禍津神たる小夜との親和性が非常に高かった。

だが、それでも足りない。

どれほど積み重ねようとも、この世界で得た神性は高天原には遠く及ばないのだ。

そして、それは向こうにとっても、同じだ。

どれほど神性が高かろうとも、こちらの世界は神ならぬ人の世界——神性が高いほどに、人性は低くなる。

人性とは、まさしく怒りであり憎しみであり呪いだ。

世界の裂け目で、神性と人性が均衡する。

瞬きの、均衡だ。

それらすべての理《ことわり》が、暴虐なる神の荒ぶる魂により引き裂かれる。

ゆっくりと、村正が押し返され始めた。

指揮所の床が、撓《たわ》む。壁は震え、細かな破片となった天井が雪のように降ってきた。雄《お》叫《たけ》びが、世界の亀裂を押し広げる。

ついにそれは、征十郎の身体《からだ》を超えた。

その足下が、崩壊していく。

赤い光に、呑《の》み込まれていく。

そこから、指が這《は》い出てきた。崩壊の縁を掴み、握り潰す。母船全体が、激しく震動していた。もはや天井はなく、壁も溶けるように消えていく。

神性が、侵食を開始したのだ。

征十郎の喉が、苦渋の呻《うめ》き声《ごえ》を漏らす。

刀はすでに、鍔《つば》もとまで眼球に突き立っていた。それを、じわじわと斬り下げていく。

裂けた眼球からは、光がこぼれ落ちた。無数の光は、征十郎と小夜に絡みついていく。

小夜が、絶叫した。

その黒い身体からは白煙が吹き出し、強酸でも浴びたかの如《ごと》く溶け始める。

人の世界が、神の世界へと近づいていた。

征十郎は、小夜の身体を鷲摑みにすると強引に引き剝がす。

そして、放り投げた。

「征十郎——!?」

「こいつを返してくる」

征十郎は、村正を指して言った。

足を踏み出した先は、巨大な手が飛び出している床上の亀裂だ。

世界の亀裂たる自分が、その亀裂に入ればどうなるか。

おそらく、と征十郎は考える。

亀裂の中に亀裂を自己交差させることで、一種の繰り返し《ループ》状態を作り出せるのではないか。出ることも入ることもできない輪の中に、須佐之男命《すさのおのみこと》そのものを閉じ込められるのではないか。

この状況なら、試す価値はある。

「ふざけないでよ」

人間の形状に戻った小夜は、その背中が溶解し、背骨が露《あら》わになっていた。それでも、残った腕で床を這いずり、征十郎へ近づこうとする。「なんで、私を置いていこうとするのよ」

彼女は咳《せ》き込み、黒ずんだ血を吐きながら拳を強く握る。「一緒に行くって、言ったじゃない……！」

「勘弁してくれよ」

亀裂の端に膝を突き、征十郎は苦笑いした。「そんなの、喧《やかま》しくてゆっくり寝られやしない」

そして小夜の罵声を背中に浴びながら、亀裂へと倒れ込んだ。

その身体が、途中で止まる。

振り返った征十郎は、自分の小袖の裾を摑んだフィーアを見て驚いた。身体を斜めに切断された彼女が、辛うじて征十郎の落下を阻んでいる。

「駄目です」彼女は、淡々と言った。「小夜が、泣いてます」

「泣いてないわよ！」

怒声がすぐに飛んできたが、フィーアはまったく気にしない。

「それに、違うんです」

「――違う？」

意味がわからないまま、征十郎は、フィーアごと落ちるのを危惧して身体を亀裂の外へ戻す。彼女は征十郎が落ちないのを確認すると、いつの間に回収したのか、肩にかけていた小型の鞄《ベルトポーチ》を大事そうに抱きかかえた。

「落ちるのは、わたしです」

　征十郎は、彼女の主張をすぐに否定はしなかった。

　なぜなら、自分の身体を縦に割る亀裂から、巨大な眼球がフィーアを凝視したからだ。

亀裂を押し開こうとする指先が止まり、息を呑んだようにも思えた。

すでに指揮所は、完全に神性に侵食されている。異なる世界の法則により、存在自体が不確定になっていた。

　すべてが、崩壊し始めている。

　時間がない。

　征十郎は、頷《うなず》いた。

「どうするつもりよ、征十郎」

　床を這い蹲《つくば》って近づいてくる小夜《さよ》へ、征十郎は「禍魂《まがたま》だ」と答えながらフィーアの背中に手を伸ばした。「やつが求めてるのは、彼女じゃない」

　機巧《からくり》人形の背中には、保守管理のための開口部がある。それを開くと、機械式の脊椎が露わになり、その奥の心臓に当たる位置に禍魂は収められていた。

「意識がなくなるぞ」

脛骨《けいこつ》に当たる部品を取り外し、心臓を模した器官へと手を伸ばす。

「征十郎、これを」

意識がなくなると聞いたフィーアは、小型の鞄から櫛《くし》の入った包みを取り出した。

「彼女が、望んでるのか」

「はい」

フィーアは、確信をもって頷いた。

模造品に、本物のかけらが幾何《いくばく》かでも宿ることなど、あるのだろうか。

征十郎は頷いて、包みを受け取る。

「――怖いか」

「はい」

本来、機巧人形にそういった感情はない。しかしフィーアは、表情こそ変わらなかったものの、紡ぐ言葉にはそれが表れていた。

「次に目覚めたとき、わたしはわたしなのでしょうか」

「もちろんだ」

彼女の危惧が単なる機能的なものか、あるいは自我の芽生えなのか、征十郎にはわからない。

わからないが、力強く頷いた。

「また、あとでな」

「はい」

それでも安堵《あんど》したのか、フィーアの返事に澱《よど》みはなかった。

征十郎は心臓型の器官を開き、禍魂を慎重に取り出す。動力源を失ったフィーアは、その途端に動きを止めた。

征十郎は小袖を脱ぐと、それで禍魂と櫛を包み込む。

静まりかえっていた。

征十郎は、それを世界の亀裂へと放り込んだ。

静寂の中に、低く穏やかな、溜息にも似た音が流れ出る。

そのとき、征十郎は気づいた。

亀裂の向こう側から聞こえていた咆哮《ほうこう》、呻き声は、憎悪や憤怒ではなかったのだ。

巨大な指が、亀裂の縁を手放して沈んでいく。

赤い輝きが薄れていく。

亀裂が、閉じていく。

周りの景色が、世界が、その有り様を取り戻した。

征十郎は、大きく息を吐いてその場に倒れ込んだ。

その身体に、もはや亀裂はない。

「なんとかなったわねえ」

小夜も、長々と息を吐いた。「大丈夫？」

「あんまりだな」

征十郎は、どうにか身を起こしたが、立ち上がる気力すらないようだった。

「それは困ったわね」

「どうして」

背中の傷が癒えないままの小夜は、頬を床にくっつけて動かなくなったフィーアを指さした。

「だってこれから、私とあの子を担いでもらわないといけないもの」

「──おう」

鼻白んだ征十郎に、小夜は床の上に転がっている村正も指さした。

「これも、置いてっちゃ駄目よ」

「──一眠りしてからじゃ、駄目か」

控えめに提案する征十郎を、小夜はじろりと睨《にら》みつけた。

「この体勢で一晩過ごせって言うの？　ほっぺたに跡がつくじゃない」

「ですよね」

諦めを言葉にして吐き出した征十郎《せいじゅうろう》は、気持ちを奮い立たせるためか、煙管《きせる》を取り出し、刻み煙草《たばこ》を詰めると火をつけた。そして煙の香りをしばし味わったあと、呻き声を漏らしながら立ち上がる。

刀は帯に手挟み、フィーアの上半身と下半身を抱え込むと、最後に小夜を担ぎ上げた。

眺めの良くなった指揮所から、明るくなり始めた空を見上げる。

ふと、彼は微笑《ほほえ》んだ。

そして、小夜に言った。

「よし、帰ろう」

終

木に鉄の釘《くぎ》を打ちつける音が、至るところから聞こえてくる。

黒焦げになった材木や粉々になった瓦を運ぶ台車が、どこを向いても走っていた。

崩れた家から黙々と家財道具を掘り出している男がいれば、焼け跡を前にして途方に暮れている一家があり、その傍らでは無事だった商品を路上に並べて早速商売を始める町屋もある。豆腐売、納豆売、肴《さかな》売などの威勢のいい声も聞こえていた。

数日が経《た》っている。

穢土《えど》城は全壊、町は七割方が壊滅していた。

死者の数はまだ明らかになっていないが、相当数に上ると思われ、怪我人《けがにん》はその数倍もいる。穢土中の医者と坊主が集められ、治療と埋葬に朝から晩まで従事した。

そして再建のために、機巧師、大工、石工、鍛冶屋、木挽《こびき》師、地形《じぎょう》師、建具師《たてぐし》等々、ありとあらゆる職人が駆り出されている。

「元に戻るのに、どれくらいかかるのかしらね」

瓦礫《がれき》の山があちこちに残る道を歩きながら、小夜が呟《つぶや》く。

「まあ、あっという間さ」

煙管で煙草を味わう征十郎は、能天気に言った。「逞《たくま》しいからな」

ふたりが向かうのは、斐陀機左右衛門《ひだきざえもん》の工房だ。

今日は、預けていたフィーアの修理が終わる日だった。

彼の工房も、住居部分は卵形の爆弾で吹っ飛んだが、工房自体は無傷で残っている。周りは完全に廃墟《はいきょ》だが、屋根も壁もないその場所に、すでに多数の機巧機器が鎮座し、絶縁電線《ケーブル》が張り巡らされていた。

「家より先に、か」

呆《あき》れるのと感心したのとで、征十郎は深々と煙を吐き出した。

「異常よね」

小夜は憚《はばか》らずに言ったあと、小さく肩を竦《すく》めた。「だからすぐにあの子を直してもらえるんだから、まあ、ありがたいけど」

「そう思うんなら、少しは優しくしてやれよ」

壁が少し残るだけの、廃墟に入っていく。床は、抉《えぐ》り取られていた。そこを回り込んで、工房の扉へと向かう。

「いやよ」

以前に比べると格段に歩きやすくなった廊下のあとを歩きながら、小夜は唇を尖《とが》らせた。

「私の優しさは、そんなに安くない」

「とはいえ、おまえのその反応を悦《よろこ》んでる節もあるんだけどな」

そう言われて呻《うめ》く小夜を横目に、征十郎は工房に続く鉄製の扉、その上部を見上げた。

そこには、こちらの様子を監視するための機巧がある。

今日は、声をかけるまでもなく扉が開いた。

ふたりは、中に入る。中の様子は以前とまったく変わらない。巨大な電脳《コンピュータ》が、溢《あふ》れかえらんばかりの機巧の中に鎮座していた。

機左右衛門は部屋の中央で車椅子に座り、作業台の上に横たわるフィーアの様子を確かめている。彼女の全身には、各部の状況を確認するための機器が取りつけてあった。

「再起動したところだ。もうすぐ、目覚めるぞ」

機左右衛門は、保護眼鏡《ゴーグル》の向こう側で双眸《そうぼう》を細めた。「彼女は西洋式の機械人形《オートマタ》だったが、いまや半分以上は日本仕様だ。この技術の融合は、実に興味深い。見所のあるやつらにも手伝わせたが、構わんよな？」

「事後承諾されても、どうにもならん」

征十郎は、苦笑する。そして、自分の頭を指先で叩《たた》いた。「それに、中身は人間だ、許可を取るなら彼女にしろ」

「もしもこの子が拒否したら、その変態たちの名前と所在を明らかにしなさいよ」

重ねて小夜《さよ》が主張したので、機左右衛門は相好を崩した。

「どうするのかね」

「彼女に触れた記憶を忘れさせるわ」

にこりともしない小夜を眺めて、機左右衛門は楽しげに肩を震わせた。

「それは怖い。おまえならやりかねん」

機左右衛門は、フィーアの身体《からだ》に取り付けた計測機器を機巧式副腕《マニピュレーター》で丁寧に取り外していく。「だがそれを知ってもなお、この機巧《からくり》人形に触れたい人間はごまんとおる。いったい、何人の機巧師を血祭りに上げるつもりだね？」

「あんたひとりで十分じゃないかしら」

小夜の唇が捲《めく》れ上がり、鋭い牙が露《あら》わになる。その指先の鋭い爪は、眼前の老人を抉りたくてうずうずしているかのように蠢《うごめ》いた。

「さすが、頭がいい娘だ。うむ」

なぜか機左右衛門は感心し、満足したように頷《うなず》いている。その顔を睨《ね》めつけていた小夜は、呻き声と溜息《ためいき》を足して二で割ったような息を吐いた。

その背中を、征十郎は元気づけるように叩く。

「ほら、起きるぞ」

機左右衛門の言葉が合図となったように、フィーアは目を開いた。

眼球がせわしなく動き、現状を確認する。征十郎たちの顔を認識し、部屋の状況も確かめると、ゆっくり上体を起こした。

「おはよう」

征十郎が声をかけると、フィーアは目を二、三回、瞬《しばた》かせてから、小さく頷いた。

「おはようございます」

「立ち上がれるかね」

老機巧師に尋ねられたフィーアは、なめらかな動きで作業台を降りた。ふらつく様子もない。

「脳はいじっておらんが、記憶のほうはどうだ」

「小夜の手と足が生えています」

フィーアが最後に見た小夜は、確かにそうだった。

あのときは回復するほどの余力はなかったが、ゆっくり休み、栄養を採れば手足の再生は難しいことではない。

「安心しました。よかったですね」

「ありがと」

にっこり笑った小夜は、すぐに妙な顔をした。「あれ、こんなこと言う子だったっけ？」

「別に、言わないことはなかったろ」

征十郎は気にしていない様子だったが、小夜は胡乱《うろん》げに首を傾《かし》げている。

「数値上は、異常なしだ」

機左右衛門も、そう言った。「ただ武装を一新したので、身体の重量と均衡《バランス》が変わっておる。しばらくは動きに支障があるかもしれんが、すぐに慣れるだろう」

「今回も、助かった」

頭を下げる征十郎に、機左右衛門は機巧式副腕《マニピュレーター》のひとつを突きつけた。

「そう思うんなら、稀人《まれびと》の遺留品のひとつでも持ってこんかい」

「そいつは無理だなあ」

機左右衛門の、ある意味当然ともいえる要求に、征十郎は、困り顔だ。

「いいじゃない」

ところが小夜は、そう言った。

「あのなんでも溶かしそうな虫みたいなやつ、こいつにぶつけちゃおうよ」

「式神を溶かしおったやつか」

機左右衛門が、瞳を輝かせた。彼も、あの場面は見ていたらしい。「あれはいったい、どういった組成の液体なのか、気になっておったんじゃ。式神のような霊体だけに作用するのか、あるいは物体にも作用するのか――もしかして、手に入るのか？　浴びてみたいのぉ」

「キモッ」

小夜は顔を顰《しか》めると、フィーアの手を取ってさっさと踵《きびす》を返した。「帰ろ」

「こら、待たんか」

呼び止める機左右衛門の声を無視して、小夜はさっさと工房をあとにする。

「まったく敬老精神のケの字もないお嬢ちゃんだな」

不満げな老人を見て、征十郎は小さく笑った。

「あんたが捻《ひね》くれすぎてるんだよ。若い頃は素直だったのに」

これに機左右衛門は、やめろとばかりに手を振った。

「味わい深くなっただけだ。性根はいまもまっすぐさ」

「言ってろ」

征十郎は笑いながら、先に出ていった小夜とフィーアの後を追う。

「やあ」

工房の扉を出たところで彼を迎えたのは、須藤虎之助《すどうとらのすけ》だった。杖《つえ》を突いている。その右足は、包帯と石膏《せっこう》を使って固定されていた。

稀人の襲撃時に、子どもを庇《かば》って、倒れてきた家屋に足を挟まれて折れてしまったのだ。

そのとき彼は、すでに同心として復職していた。

老中、松平信綱《まつだいらのぶつな》に彼の釈放を小夜が訴えたのは襲撃直前だったが、それよりも早く、与力の伊佐惟哉《いさただちか》が手を回していたのだ。

「どうした」

負傷した彼は、同心としての任を一時的に解かれ休暇中だ。

「使い走りぐらいはできるよ、走れないけどね」

彼は笑いながら、「歩こう」と先に立って進み始めた。小夜が肩を貸そうとしたが、彼は丁重に断る。男としての体面、というよりも、単に恥ずかしかったのはその表情を見ればわかる。

「あの、稀人の船だけどね」

虎之助の言葉に、征十郎《せいじゅうろう》たちは町外れに目をやった。

そこにはまだ、五隻の宙船《そらふね》が墜落したときのままの姿で横たわっている。

「やはり、燃やすのは難しいらしい」

征十郎の、稀人の痕跡をすべて燃やし尽くさなければならない、という主張は、老中首座信綱に支持され、実行に移された。

だが、燃えない。

船体に使われているあらゆる資材が高い耐火性能を誇っており、焼却しようにも火がつかないのだ。

それは、あの小型船も一緒だった。

そこでいまは次善の策として、破壊してしまおうという声もある。だが、果たしてこの世界の爆薬で粉々になるまで破壊できるものかどうか、と疑問の声が上がっているそうだ。

「小型船はまあ、埋めるという手もあるかもしれないが、あの大きいのはね」

虎之助は、小さく肩を竦める動作をする。

それから、まったく別の方向を指さした。

「いまのところ一番の有望株は、あれだよ」

彼の指が指す方向には、巨人がいた。

巨大な武士——晴明《せいめい》の式神、天一神だ。

あの日、式神が稀人を倒す姿は穢土《えど》中の人間が目にした。それは幕府中枢の人間たちも、また陰陽寮《おんようのつかさ》の陰陽師たちも同じだ。

ひっそりと隠れるように暮らしていた晴明は、むりやり、表舞台に引っ張り出されてしまう。

いまはその強大な力を、穢土の復興に役立てるべく日々、奔走中だ。

「式神なら、破壊できるんじゃないかって期待してるんだそうだ」

虎之助も、期待しているような口振りだった。

静かに暮らしたかった晴明としては、周りにあれやこれやと言われる現状は耐え難いはずだ。おそらく今頃は、どうやって姿を消そうか算段しているに違いない。

彼女が望まぬ環境で苦しんでいる姿を想像して征十郎は少し可笑《おか》しくなったが、本当に逃げ出してしまう前に会いに行ったほうがいいだろう、と心に留める。

「それをわざわざ伝えに来てくれたの？」

「いや、違うよ、小夜さん」

いったん足を止めた虎之助は、近くの茶屋を指さした。その半分ほどは、崩れている。それでも店先に長椅子などを並べ、営業していた。「あそこに座ろう」

虎之助は菓子と茶の注文を小夜に任せると、征十郎に一枚の紙を手渡した。

そこには、名前だけが記載されている。

「それで、おそらく全員だよ」

「思ったよりも多いな……」

征十郎は、頬を歪《ゆが》める。

与一《よいち》、十兵衛《じゆうべえ》、晴明らはそれぞれが宙船に乗り込み、搭乗者たちを皆殺しにした。

気づいたのは、晴明だ。

指揮所にある画面に映し出されていたのは、姓名と、状態《コンディション》、が記された名簿《リスト》だった。

それは五隻の宙船すべてに存在し、指揮所が完全に崩壊した征十郎たちの向かった船以外で確認されている。

大半は死亡していたが、活動中と表示されている者もいた。

虎之助が征十郎に渡した紙には、その全員が記載されている。

「なあに、それ」

注文をし終えた小夜が、のぞき込む。

「稀人の名簿だ」

名簿には、十数名の名前が並んでいる。軽く目を通した小夜は、「知らない名前ばっかりね」とつまらなそうに呟《つぶや》く。

そして、指で名簿を軽く弾《はじ》いた。

「全員、殺すの？」

小夜の口調に、他意はない。だが、無邪気ともいえるその口調に、虎之助はぎょっとしたように顔を強《こわ》ばらせた。

「そうだ」

征十郎は、しかし揺るぎなく頷いた。

「わかった」

小夜も、頷く。そこにまったくためらいがないのは、死生観の違いなのか、あるいは征十郎への信頼なのか。

「ああ、それと――」

運ばれてきたお茶で喉を潤した虎之助が、つけ加える。「城を潰した大魔縁《だいまえん》、あれの禍《まが》魂《たま》の件だけどね」

　与一は、征十郎から譲られた大魔縁の禍魂を回収に行ったが、見つからなかったと怒り狂っていた。

　征十郎は見当がついていたが、一応、虎之助に調査を依頼していた。

「町人の中には、城が完全に崩れ落ちたあと、あそこから逃げていく〝獣憑《つ》き〟を見た者がけっこういたんだ。目撃情報から推測するに――」

「フランシス・ドレーク」

　虎之助の言葉を、征十郎が引き継いだ。

「なんだ。知ってたのか?」

「確認は大事だからな」

　征十郎は、笑う。

　海賊は、抜け目なく動いていたようだ。

「まあしばらくは、与一に頭が上がらないか」

「別に、誰のものでもないんだから、いいじゃない」

　小夜《さよ》は、合理的な物言いをした。「早い者勝ちでしょ」

「まあな」

　とはいえ、それを安易に認めるとカガリ同士での殺し合いに発展するため、仕留めた者に所有権があることは暗黙の了解だ。

大魔縁を誰が仕留めたか、となると、少々、難しい話になりそうだが。

小夜が、びっくりしたように声を上げた。

「あ、ちょっと」

「それ、私が頼んだのよ」

見れば、運ばれてきた団子をフィーアが手に取り、食べている。彼女は団子を口いっぱいに頬張りながら、まじまじと小夜を見つめた。

そして喉を鳴らして飲み込むと、不思議そうに首を傾げる。

「早い者勝ちじゃないんですか」

これを聞いた虎之助が噴き出し、小夜に睨《にら》まれる。

だが彼女はすぐに、もう一度フィーアに向き直った。

「え、食べられるの？」

普通の機巧人形《からくり》には、食事を取る機能はついていない。意味がないからだ。

「食べられました」

「いや、そうじゃなくて……」

これまで、ものを食べようとすらしなかったフィーアが急に食べるのは、機能云々《うんぬん》以前の問題ではないか。小夜はそう思ったのだが、征十郎はまったく気にした様子がない。

「美味《うま》かったか？」

「美味でした」

そう言うフィーアは満足そうだし、征十郎も満足げだ。

「なんなのよ、もう」

ひとり悶々《もんもん》としている小夜だけが、不満げにしていた。

その様子に、フィーアが口もとに柔らかい笑みを浮かべる。

小夜はそれを横目にし、「なによ」と呟いたあとに慌ててもう一度フィーアを見やった。

いつものように、無表情な彼女がいる。

「いま、笑ったわよね？　この子」

「――いや？」

見ていなかったのか、征十郎は眉根を寄せる。そのまま、フィーアへ「笑ったか？」と問いかけた。

「いいえ」

彼女の答えは、実に単純《シンプル》だ。

小夜はなにか言おうと口を開いたが、しばし逡巡《しゅんじゅん》したあと、その言葉は呑《の》み込んでしまう。

その代わりに、軽く鼻から息を漏らして微苦笑した。

「なんだよ、食いしん坊だな」

そんな彼女の心中を知ってか知らずか、征十郎が自分のぶんの団子を皿ごと差し出してきた。「ほら、食えよ。皿は残すんだぞ」

「いらんわ」

小夜は、そっぽを向いた。

その目が、こちらに歩いてくる人物を目にして訝《いぶか》しげに細められる。

虎之助《とらのすけ》が、立ち上がった。

「なんだ、もう行くのか」

「使いっ走りだからね」

彼はそう言うと、小夜が目にした人物に一礼してゆっくりと歩き去る。

彼が座っていた場所に無言で座ったのは、柳生《やぎゅう》十兵衛だ。

「お出かけか」

彼は、旅装束姿だ。

「ああ」

大小を腰に差し、金属製の杖《つえ》を手にした十兵衛はじろりと征十郎を横目にする。「招かれざる客を、律儀に殲滅《せんめつ》しろ、と口うるさいやつがいるおかげでな」

「そうかい。大変だな、まあがんばれよ」

茶を啜《すす》りながら気のない返事をする征十郎《せいじゅうろう》に対し、十兵衛は珍しく薄《うつす》らと笑みらしきものを浮かべた。

その表情に得体の知れない不気味さを感じた征十郎は、彼から逃れるように身体《からだ》を傾ける。

「なんだよ」

「おまえも行くんだよ、征十郎」

「は？」

間の抜けた返事をする征十郎に、十兵衛は小さな木札を差し出した。文字はなく、端に切れ込みが入っただけの札だ。

「これがあれば、妖魔《ようま》改方《あらためかた》として各地での仕事に便宜が図られる。なくすなよ」

「いや、待て待て」

その木札を、征十郎は押し返した。「なんだよ、改方って。勝手に決めるな。嫌だぞ、俺は」

「大の大人が駄々をこねるな、みっともない」

「そういう問題じゃないだろうが」

征十郎は、立ち上がる。

「幕府に仕える気なんかない。ただそれだけだ」

を見せると小夜はなぜかにやにやと笑っている。


「やはりおまえは、力尽くじゃないと駄目なようだな」

「どうしてそうなる」

うんざりした様子の征十郎だったが、長椅子に座る小夜はなぜかにやにやと笑っている。

「笑ってないで、おまえもなんとか言ってくれよ」

征十郎が助けを求めると、彼女はお茶を一口啜ってから肩を竦《すく》めた。

「いいじゃない、一緒に行けば。そんなに嬉《うれ》しそうにしてるんだから」

「――誰がだ」

十兵衛は、厳《いか》めしい顔で小夜を睨《ね》めつける。

それのどこが、おもしろかったのか。

小夜はひっくり返らんばかりに、笑い出した。

あまりに楽しそうな笑い声に、周りで働いていた人間が思わず、つられて笑みを浮かべてしまう。

十兵衛も気が削《そ》がれたのか、ふたたび長椅子に腰掛けた。

「――別に、おまえに限った話じゃない」

十兵衛は、何事もなかったように続けた。「上意だ。稀人《まれびと》狩りのな」

「おまえが進言したのか」

征十郎も、腰を落として湯呑《ゆの》みを持ち上げた。頷《うなず》きはしなかったが、十兵衛《じゅうべえ》は左目で宙《そら》船《ふね》のほうを見据える。

「あれが俺たちの行く末だというのなら、確かにひとり残さず殲滅すべきだ」

彼の眼差《まなざ》しも、口調にも、果断の決意が漲《みなぎ》っていた。

「行く末のひとつ、だがな」

征十郎はそう言ったあと、横でくつくつと喉を鳴らしている小夜の額を指で突《つつ》いた。

「うるさいな、いつまで笑ってる」

「いやいや、だってさ」

征十郎と小夜の声を聞きながら、十兵衛はふと、呟いた。

「ならば、正しい行く末をあんたは知ってるのか」

はっきりと、問いただしたわけではない。独り言のようなものだ。

だが、視線を感じて横を向き、わずかにたじろぐ。

つい今し方、口喧嘩《くちげんか》していたふたりが、示し合わせたように自分を凝視していたからだ。

「正しい行く末がどれかなんて、本当はわからないんだ」

征十郎は、珍しく自嘲的に言った。

「ただ、稀人が出現すると、よくない道ができる。それを阻止するために、この世界から稀人の痕跡を消し去ろうって話さ」

征十郎が、皮肉《シニカル》げな笑みを浮かべる。

「つまりは、神逐《かんやらい》だな」

「かん――なんだと？」

聞き慣れない単語に、十兵衛が目もとを歪《ゆが》める。

「空から来たる稀人は、古来より異界の神とされていたんだ」

征十郎は、頭上を指さした。

「稀人は神だ。しかし、よくない神だ。お帰り願おう――それが、神逐さ」

「なるほど」

十兵衛は頷き、それから暗く冷徹な笑みを浮かべた。

「お帰り願うほど、こっちは文明人じゃないがな」

「――結構、気にしてたんだ」

小夜が小さく噴き出す。

征十郎も、申し訳なさそうに眉を八の字にした。

「すまん、あれは売り言葉に買い言葉だったんだ」

「…………」

十兵衛は、これ以上ないほどに苦々しい顔でふたりを見やる。

ふと、音がした。

空気が抜けるような、かすかな音だ。

全員の目が、フィーアに集まる。

「なんでしょうか」

長椅子の端に座っていたフィーアは、その視線を受けても動揺しない。無表情に、彼らを見つめ返す。

小夜《さよ》は「あんた、いま――」となにか言いかけたが、やはりさっきのようにその先の言葉を呑み込んだ。

十兵衛も、彼女の様子に毒気を抜かれたのか、その顔から険が薄れる。

それを横目に、征十郎は煙管《きせる》に火を入れた。

「さっきおまえ、正しい行く末がわかるのかって訊《き》いたよな」

それがどうした、と十兵衛は眉を持ち上げる。

「ということはまだ、視《み》えてないわけだな」

「まだ?」

訝しげな十兵衛に、小夜が言葉を継いだ。

「そのうち、あんたにも視えてくるかもしれないってことよ」

小夜が、自分の右目を指してにやりと笑う。「運が悪ければね」

十兵衛は肯定も否定もせず、黙り込んだ。

それを勘違いしたのか、小夜が意地の悪そうな顔を彼に寄せる。

「あらあら、怖《お》じ気《け》づいちゃったのかしら」

「――そういえば先日、連絡があってな」

小夜を無視して、十兵衛は淡々と話し始めた。

「京に行っていた半蔵《はんぞう》が、戻ってくるらしい」相手にされなかった小夜はムッとした顔をしたが、征十郎の顔は少し引き攣《つ》った。

「おまえとゆっくり話がしたいらしいぞ、征十郎」

「そいつは楽しみだな」

そう言いながら、少し慌てた様子で立ち上がる。「だが残念だが、急用があって穢土《えど》を発《た》たなくちゃならない。よろしく伝えておいてくれ」

「急用とはもちろん、稀人狩りのことだな」

十兵衛も、立ち上がる。

「では、行こうか」

「いや、そんなに急がなくても」

「急用だろう」

十兵衛は鉄の杖で、征十郎の背中を強めに突いた。「ほら、急げよ」

「おい、やめろって」

「黙れ、歩け」

十兵衛に後ろから小突かれ、征十郎は否応《いやおう》なしに前へ進んでいく。

それを長椅子に腰掛けて眺めていた小夜は、なにか言いたげなフィーアの眼差しに気づいた。

「もう、わかってるわよ」

溜息《ためいき》をついて、小夜も立ち上がった。

「まったく、二人旅のはずが四人旅になるなんて、思いもしなかったわ」

「いやですか」

問われて、小夜は少しだけ考えた。

そして、ぶっきらぼうに「そんなに悪くないわ」と答える。

「よかったです」

フィーアは、少し安堵《あんど》したように見えた。

小夜は、目を細めて彼女の表情を観察する。

「やっぱり、なんか変わったわね」

「変わってませんよ」

相変わらず、表情は微動だにしない。「機左右衛門《きざえもん》が言っていたとおり、武装と重量が変化しただけです」

「――そっか」

小夜は耳を小刻みに動かし、胸もとにかかった長い髪を背中に流した。

「じゃあ、行きましょうか」

「はい」

頷いて立ち上がったフィーアは、しかし征十郎たちの後をすぐには追わず、茶屋の給仕に話しかけている。

「どうしたの」

給仕が店の奥に引っ込んだのを見て、小夜は声をかけた。

「さっき、お弁当を頼んでおいたので」

彼女がそんなことを言い出したので、いつの間に？　という思いと、それが入り用だと判断したことに対する驚きで、小夜は声もなく立ち尽くした。

しばらくして給仕から三人分の包みを受け取ったフィーアは、さらになにやら追加の品を受け取っている。

「これは、あの人の分です」

小夜の視線に気がついたフィーアが、十兵衛を指差した。「すぐ用意できるあり合わせを詰めてもらいました」

小夜は、うろたえたように呻《うめ》いた。「なんかもう怖い。怖いわー」

「はい？」

きょとんとするフィーアを見て、小夜は唇の端に苦笑いをへばりつかせて首を横に振った。

「なんでもない」

彼女は両手を大きく広げてから、ゆっくりと歩き出した。

それからなにかを思いだしたかのように振り返り、

「もう、いきなり撃ってきたりしないでよね？」

冗談めかして言った。

「はい」

フィーアが素直に頷いたのを見て、小夜は笑った。

そして征十郎《せいじゅうろう》たちに追いつくために、少しだけ歩調を速める。

フィーアもそれに続こうとしたが、ふと足を止めた。

春の風が、その頰を撫《な》でたからだ。

焦げ臭く、土と埃《ほこり》の匂いがする。爽やかとは言い難い。だが、彼女は目を細めて胸いっぱいに吸い込んだ。

「おお……」

まるで、長く幽閉された果てに、久方ぶりの外気を味わうかのようだった。

「どうしたの」

足を止めたフィーアを、小夜が振り返っている。

「いえ」

彼女は首を小さく横に振り、ふたたび歩き始める。

その足取りは力強く、しかし軽やかだった。

あとがき

下巻までお読みいただき、ありがとうございました。

読み終わりましたよね？

以下、本編のネタバレを含みますので、まだの方はお気をつけください。


上巻のあとがきにも書きましたが、この物語は一度、お蔵入りしたものです。ふたたびそれを引っ張り出したとき、設定にいくつか変更が加わりました。

主人公の征十郎《せいじゅうろう》は農村出身という出自があり、名字はありませんでした。禍津《まがつ》神《かみ》と人間の女性の間に生まれ、禍魂《まがたま》を喰《く》わないと体内から禍津神が這《は》い出てくるという設定で、須《す》佐《さ》之《の》男命《おのみこと》は影も形もありません。

なのでフィーアも奇稲《くしな》田《だ》姫《ひめ》の禍魂は内蔵しておらず、不死身の征十郎を捕縛するのが任務でした。人間の脳が使われているところは同じで、それが祟《たた》りによって汚染された結果、征十郎を逆に保護対象と認識してしまう、という流れです。

小《さ》夜《よ》は、付喪《つくも》神《がみ》でした。普段は声だけで、いざとなると武者姿になって征十郎と一緒に戦う――とこう書くと、現在刊行中の『ラグナロク:Re』の設定と被りまくりですね。

まあ、当時の担当さんが「江戸時代でラグナロクやってみない？」みたいな話を振ってきたのが始まりなので、宜《むべ》なるかな。

あと彼女は、めっちゃ性格が良かったです。

ラストも、春日局《かすがのつぼね》を母体とした大魔縁《だいまえん》をみんなで倒してめでたしめでたし、だったのですが、当時の担当さんに「え、どんでん返しとかなにもなし？」って言われたのがずっと気にかかっていて、その結果、自衛隊がやってくる展開になりました。別にどんでん返しではないのですが、ちょっとアクセントになったかな、と思います。

こういった物語の根幹に及ぶ改変が成功したかどうかは、読んでくださったあなたの判断に委ねるほかありません。

願わくば、この物語があなたにとって楽しいひとときになったことを。

そして、この物語に素晴らしいビジュアルを提供してくださったｋａｋａｏさんに感謝を。

ありがとうございました。

安井健太郎

作品のご感想、
ファンレターをお待ちしています

あて先

〒141-0031
東京都品川区西五反田 8-1-5 五反田光和ビル4階
オーバーラップ文庫編集部
「安井健太郎」先生係／「kakao」先生係

PC、スマホからWEBアンケートに答えてゲット！

★この書籍で使用しているイラストの『無料壁紙』
★さらに図書カード（1000円分）を毎月10名に抽選でプレゼント！

▶https://over-lap.co.jp/824000835
二次元バーコードまたはURLより本書へのアンケートにご協力ください。
オーバーラップ文庫公式HPのトップページからもアクセスいただけます。
※スマートフォンと PC からのアクセスにのみ対応しております。
※サイトへのアクセスや登録時に発生する通信費等はご負担ください。
※中学生以下の方は保護者の方の了承を得てから回答してください。

オーバーラップ文庫公式 HP ▶ https://over-lap.co.jp/lnv/

OVERLAP

神狩 1〈下〉
英霊殲滅戦線

発　　行　2022年1月25日　初版第一刷発行

著　　者　安井健太郎
発 行 者　永田勝治
発 行 所　株式会社オーバーラップ
〒141-0031　東京都品川区西五反田 8-1-5
校正・DTP　株式会社鷗来堂
印刷・製本　大日本印刷株式会社

Printed in Japan　ISBN 978-4-8240-0083-5 C0193

オーバーラップ　カスタマーサポート
電話：03-6219-0850 ／受付時間 10:00～18:00（土日祝日をのぞく）

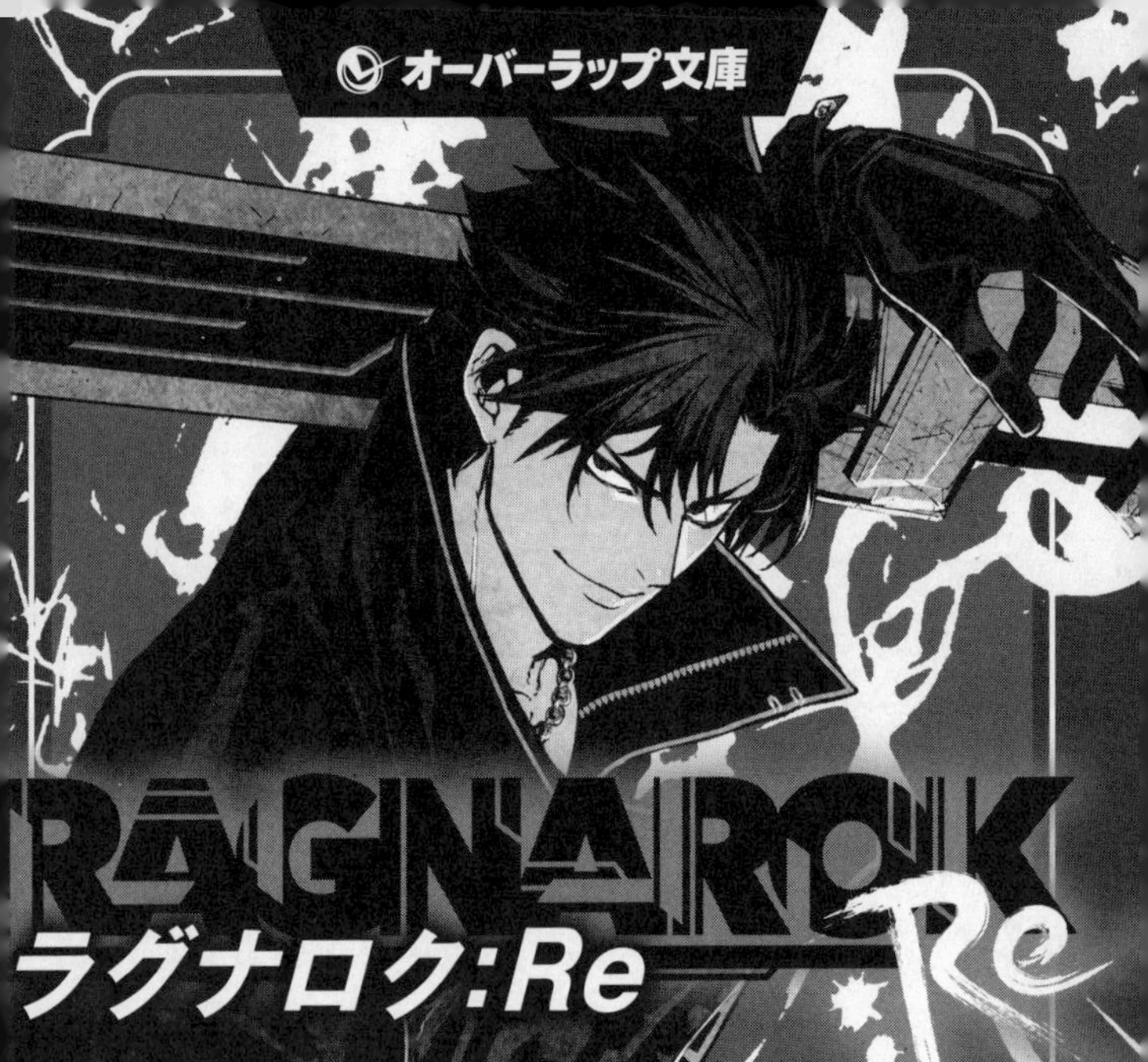
オーバーラップ文庫
RAGNAROK
ラグナロク:Re

オーバーラップ文庫
ハズレ枠の【状態異常スキル】で
最強になった俺がすべてを蹂躙するまで
[手にしたのは、絶望と――
最強に至る力]
クラスメイトとともに異世界へと召喚された三《み》森《もり》灯《とう》河《か》。E級勇者であり、「ハズレ」と称される【状態異常スキル】しか発現しなかった灯河は、女神・ヴィシスによって廃棄されることに。絶望の奈落に沈みつつも復讐を誓う彼は、たったひとりで生きていくことを心に決める。そして魔物を蹂躙し続けるうち、いつしか彼は最強へと至る道を歩み始める――。
著 篠崎 芳　イラスト KWKM
シリーズ好評発売中!!

第10回 オーバーラップ文庫大賞
原稿募集中！
イラスト：KeG
紡げ、魔法のような物語！
【賞金】
大賞…300万円
（3巻刊行確約＋コミカライズ確約）
金賞……100万円
（3巻刊行確約）
銀賞………30万円
（2巻刊行確約）
佳作………10万円
【締め切り】
第1ターン 2022年6月末日
第2ターン 2022年12月末日
各ターンの締め切り後4ヶ月以内に佳作を発表。通期で佳作に選出された作品の中から、「大賞」、「金賞」、「銀賞」を選出します。
投稿はオンラインで！ 結果も評価シートもサイトをチェック！
https://over-lap.co.jp/bunko/award/
〈オーバーラップ文庫大賞オンライン〉
※最新情報および応募詳細については上記サイトをご覧ください。
※紙での応募受付は行っておりません。